WOLFGANG A. WERWOLF

ALTER
Wurde vor 356 Jahren von einem Werwolf gebissen und ist seitdem selbst einer.
BESONDERE KENNZEICHEN
Frisst immer Schnitzel mit Ketchup. Nur in Vollmondnächten bekommt er Heißhunger auf Menschen.
MAG NICHT
Jäger mit Silberkugeln und Zahnärzte
MAG GERNE
Rockmusik und schwere Motorräder

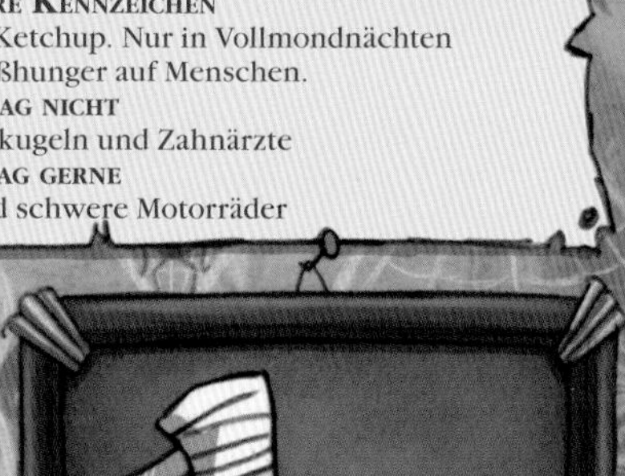

FÜSSCHEN

ALTER
44
BESONDERE KENNZEICHEN
Hühnerauge an der kleinen Zehe
MAG NICHT
enge Schuhe
MAG GERNE
Kuschel-Pantoffeln

3. Auflage 2019

ISBN 978-3-7641-5045-7

Original title: Gruseln auf dem Stundenplan

Lektorat: Maurice Lahde
Satz: grafik design jeannette pobst, Wien
Druck und Bindung: Finidr, s.r.o., Tschechien

www.ueberreuter.de
www.thomasbrezina.com

ALLE MEINE MONSTER

THOMAS BREZINA

GRUSELN AUF DEM STUNDENPLAN

ILLUSTRATIONEN VON PABLO TAMBUSCIO

ueberreuter

EIN SCHRECK KOMMT SELTEN ALLEIN

Max zitterte.
Er saß kerzengerade in seinem Bett und hielt den Rand der Decke fest umklammert. Mit großen Augen starrte er zum Fenster seines Zimmers. Es war Nacht. Eine Straßenlaterne warf schaurige Schatten an die Wand, und an der Hausmauer schabte und kratzte etwas.
„Einbrecher … bestimmt sind das Einbrecher. Sie werden mich entdecken und dann …!“, schoss es Max durch den Kopf. Er hatte Angst. Schreckliche, eiskalte, fürchterliche Angst. Seine Eltern waren bei Freunden auf einer Party, und seine große Schwester Dodo war drei Tage auf Klassenfahrt. Max war ganz allein in der Wohnung.

Normalerweise hätte er sich bis zur Rückkehr seiner Eltern auf der Toilette eingesperrt. Aber diesmal wollte er mutig sein. Und nun das! Es war kurz vor Mitternacht, und Max hatte noch kein Auge zugekriegt. Dabei war morgen ein anstrengender Tag. In der Schule erwartete ihn eine Mathematikprüfung bei einem Lehrer, vor dem er sich entsetzlich fürchtete. Wenn Herr Donner ihn nur ansah, war Max' Kopf schon wie leergeblasen.

Am Nachmittag sollte dann der erste große Auftritt seiner Monster im Kaufhaus von Herrn Grünschädel stattfinden, der für alle sehr, sehr wichtig war.

Es klopfte an sein Fenster! Max spürte, wie sich jedes seiner Haare einzeln sträubte. Er zog sich die Bettdecke über den Kopf und stellte sich schlafend. Sein Herz pochte heftig.

Bestimmt schlugen die Einbrecher die Scheibe ein! Max rechnete jeden Augenblick mit einem lauten Klirren. Er war geliefert. „Du Jammerlappen!", schimpfte er mit sich selbst. „Tu etwas! Aber was?" In seinem Kopf überschlugen sich die Gedanken.

Das Skateboard! Na klar! Es stand wie immer neben dem Bett.

Der Einbrecher schien das Fenster mit einem Brecheisen knacken zu wollen. Er klopfte und rüttelte, doch zum Glück war der Rahmen aus hartem Holz.

„Eins, zwei, drei!“, zählte Max im Stillen. Er schnellte unter der Decke hervor, packte das Skateboard und warf es mit aller Kraft in Richtung Fenster. Das Glas splitterte, und im nächsten Moment ertönte ein schriller Schrei.
Das Skateboard krachte auf den Gehsteig. Es folgte ein zweiter, dumpfer Plumps, und dann hörte Max ein heftiges Zirpen und Zwitschern. „Das … das gibt es doch nicht!“, murmelte er, eilte zu dem zerborstenen Fenster und wagte einen Blick nach unten: Neben dem Mast der Straßenlaterne lag Füßchen! Hilflos zappelte es mit den Zehen und stieß dabei die zwitschernden Laute aus, die nur Frank Steinchen

verstehen konnte. „He … Füßchen … alles in Ordnung?“,
rief Max erschrocken.

Der kleine, einzelne Fuß schien sich beim Absturz verletzt zu haben, denn er humpelte. „Kannst du … kannst du raufkommen?“, fragte Max. Füßchen schüttelte die große Zehe, sein Zirpen klang jammernd. „Dann komme ich runter!“, rief Max, schlüpfte schnell in seine Klamotten und flitzte aus der Wohnung. Er wusste, dass es etwas zu bedeuten hatte, wenn Füßchen ihn plötzlich in der Nacht besuchen kam. Was war geschehen?

VIELE, VIELE ROTE PUNKTE

Max stürmte auf die Straße
und kniete sich neben das verstauchte Füßchen. Liebevoll streichelte er über die kalte, trockene Haut, obwohl er sich noch immer etwas ekelte. Füßchen genoss die Behandlung und verlangte nach mehr.
„Was ist passiert?“, fragte Max.
Füßchen zirpte und zwitscherte aufgeregt.

Ich kann dich nicht verstehen, leider!“, bedauerte Max. „He … wohin willst du?“, rief er überrascht, als sich der einzelne Fuß plötzlich aus dem Staub machte.
Er hob sein Skateboard auf und kratzte sich nachdenklich am Kopf. Sollte das ein Witz sein? Max gähnte heftig und beschloss, zurück ins Bett zu gehen. „Hühneraugen wünsche ich dir, falls das ein Scherz war!“, schimpfte er leise vor sich hin. Gerade als er die Haustür schließen wollte, zwitscherte es aber wieder hinter ihm. Füßchen war zurückgekehrt und hielt einen roten Ziegelsplitter zwischen den Zehen. Er musste ihn von der nahen Baustelle geholt haben.

„KOMM MIT!“, kritzelte Füßchen auf den Gehsteig. „WICHTIG!!!“

„Schlaues Füßchen“, lobte Max. Er glaubte nun endlich, dass wirklich etwas passiert war. Wahrscheinlich etwas Schreckliches. Er stellte sich auf das Skateboard, und Füßchen sprang auf. „Zur Geisterbahn, richtig?“, erkundigte sich Max. Füßchen gab ihm ein Zeichen, das „Ja“ bedeutete.

So schnell er konnte, rollte Max durch die nächtlichen Straßen. Geschickt zischte er um die Kurven und hielt dabei ständig nach nächtlichen Fußgängern oder Streifenpolizisten Ausschau. Er durfte auf keinen Fall gesehen werden.
In der Rekordzeit von 13 Minuten und 56 Sekunden erreichte Max den Rummelplatz. Er öffnete einen runden Kanaldeckel auf dem Gehweg und kletterte in die Tiefe. Füßchen hielt er dabei unter dem Arm.

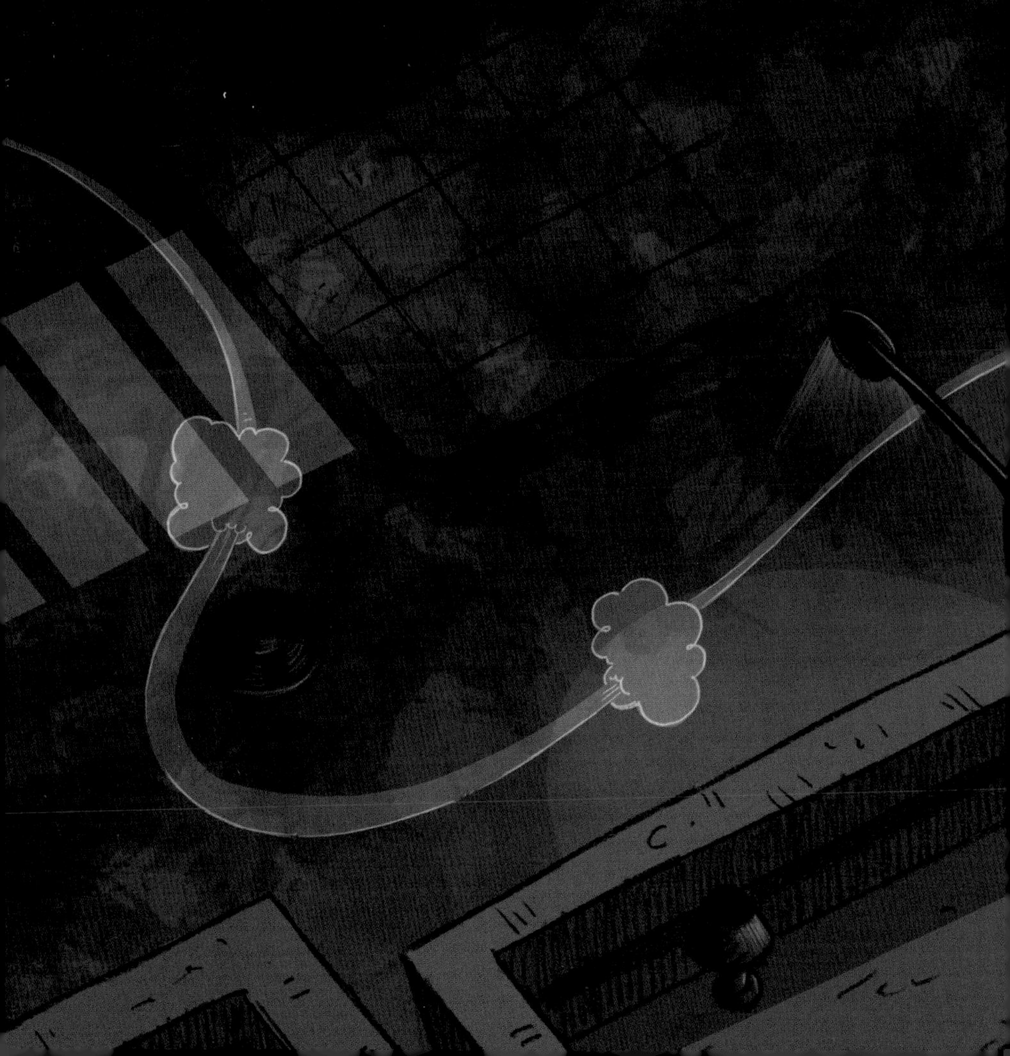

In dem niedrigen Kanal floss wie immer eine stinkende, braune Brühe. Auf dem schmalen Steg an der Seite des Tunnels standen zwei Laternen, die ein wenig Licht spendeten. Max war darüber sehr froh. Er hatte große Angst, hier unten einer Ratte zu begegnen. Vor allem fürchtete er sich davor, so einem Tier auf den Schwanz zu treten. Es könnte ihn beißen!
Max hastete am Steg entlang zu einem Brett, das über das Abwasser zu einer runden Röhre führte. Er wusste, dass er durch sie direkt in die Geisterbahn gelangte. Es war der einzige Zugang. Die alten oberirdischen Eingänge waren alle vernagelt und verschlossen, um unerwünschte Besucher und vor allem Karla Kätscher fernzuhalten.

„Hallo, da bin ich!“, rief Max, als er den Kopf durch die Falltür in das große Monsterwohnzimmer steckte, das sich in der Mitte des Gruselgebäudes befand. „Was ist los? Wieso habt ihr mir Füßchen geschickt?“
Statt einer Antwort hörte Max nur leises Stöhnen und Seufzen. Er hob die grün schimmernde Laterne, die neben der Bodenöffnung stand, und leuchtete damit in den Raum. Ihm bot sich ein Bild des Jammers.
Die sonst so wilden und furchteinflößenden Monster lagen schlapp und schwach in den Ecken. Luzilla hatte sich eine Decke über den schuppigen Körper gezogen, damit niemand sehen konnte, wie elend ihr war. Nessina, die Tochter von Nessi, schaukelte in ihrer Badewanne

und wimmerte wie ein junger Hund. Wolfgang Amadeus Werwolf und Baby-Drak, der Vampir, hatten die Gesichter in den Händen verborgen und jammerten: „Oh nein … oh nein … wieso wir?“

Der Einzige, der laut redete, war Zerbi, der Höllenhund. Seine drei Köpfe waren wie immer uneinig.

„Bestimmt hast du sie gebracht!“, schimpfte Kopf 1.

„Ich doch nicht!“, jaulte Kopf 2 und drehte sich zu Kopf 3. „Das war dieser Stinkeschnüffler! Er muss seine Nase in jeden Dreck stecken!“

Diesen Vorwurf wollte Kopf 3 nicht auf sich sitzen lassen. „Haltet die Schnauzen und tut nicht so, als ob ihr etwas Besseres wärt, ihr Schlammschlucker!“

Erst jetzt entdeckte Max seinen Freund Frank Steinchen. Dr. Frankensteins kleiner Bruder sah aus, als wäre er erst zehn, in Wirklichkeit war er aber schon im Jahre 1877 gebaut worden. Er lehnte an Boris, dem Frankensteinmonster, das zwischen seinen Fingern Glühbirnen zum Leuchten bringen konnte. „Ich bitte Sie um Ruhe!“, fuhr er Zerbi an. „Max, ich danke Ihnen, dass Sie gekommen sind! Ein schrecklicher Vorfall hat seinen Schatten auf uns geworfen. Sehen Sie selbst!“
Max hob die Laterne und schritt von einem Monster zum anderen. Oh nein … das war bestimmt eine

Krankheit. Vielleicht sogar eine ansteckende. Er machte einen Schritt zurück.

Alle hatten knallrote Flecken auf der Haut, die so groß wie Münzen waren.

„Keine Bange, diese Krankheit können nur wir Monster bekommen!", beruhigte ihn Frank. „Es handelt sich nämlich um Monstermasern!"

Max traute seinen Ohren nicht. „Monstermasern!? Wann … wann sind die denn gekommen?", wollte er wissen.

Mombo, die Mumie, hatte bisher nichts gesagt. Er und Füßchen schienen als Einzige von den roten Flecken verschont geblieben zu sein. „Gekommen sind die Masern überhaupt nicht. Jedenfalls haben sie nicht an der Tür geklopft!", knurrte er.

„Das weiß ich schon“, erwiderte Max. „Aber ich habe die Masern zum Beispiel in der Schule bekommen. Erich aus meiner Klasse hat sie gehabt und fast alle angesteckt. Egal, morgen müsst ihr im Kaufhaus Grünschädel auftreten, sonst gehen uns 3 000 Euro durch die Lappen. So viel zahlt Herr Grünschädel nämlich für euren Spuk. Und ihr wisst, wenn wir 40 000 Euro haben, können wir die Geisterbahn kaufen, und ihr müsst nie wieder Angst haben, dass sie abgerissen wird. Aber so könnt ihr nicht hingehen!“

Luzilla blinzelte unter ihrer Decke hervor und erklärte dem Jungen, wie sie von den roten Flecken geheilt werden konnten.

KRÖTENSAFT UND HAIFISCHZÄHNE

„Das einzige Mittel gegen Monstermasern ist Krötensaft, und du musst uns den besorgen!“, erklärte Luzilla.
Max schüttelte sich. Trotzdem fragte er: „W…w…wie bekommt man Krötensaft?“
Wolfgang Amadeus Werwolf knurrte bissig: „Steck drei Kröten in den Mixer, wusch, schon hast du roten Krötensaft!“

„Das ist Tierquälerei!“, protestierte Max.
„Du kannst die Kröten auch mit der Zitronenpresse ausquetschen!“, meinte der Werwolf und kicherte. Erst jetzt merkte Max, dass er auf den Arm genommen wurde.
„Hören Sie nicht auf diesen Scherzbold“, mischte sich Frank Steinchen ein. „Krötensaft ist das Gift der Kröten. Wenn Sie eines der Tiere berühren, tritt der Saft aus seiner Haut aus. Das schützt die Kröte vor Feinden.“
Max nickte. „Aha … trotzdem weiß ich nicht, wie ich diesen Krötensaft bekommen kann.“

Baby-Drak erklärte es ihm. „Du musst eine Kröte finden und sie mit einem goldenen Löffel streicheln. Dann wirst du kleine Tröpfchen auf dem Löffel entdecken. Gib sie in eine silberne Flasche und verschließe sie mit einem Stöpsel, der aus dem Holz eines Galgenbaumes geschnitzt wurde."

Max schluckte. „Tut mir leid, aber ich habe weder einen goldenen Löffel noch eine silberne Flasche und schon gar keinen Galgenbaum-Stöpsel!"

Der Vampir überlegte kurz und meinte dann: „In diesem Fall streichle die Kröte mit der Hand und wisch die Finger in einem Taschentuch ab. Wir werden daran lutschen!"

Max wurde übel. „Muss das sein?"

Frank Steinchen nickte ernst. „Es ist die einzige Möglichkeit. Ich sehe sonst keinen anderen Weg, den Auftritt im Kaufhaus wahrzunehmen!"
Max erschauderte. Wann sollte er die Kröte suchen? Noch heute Nacht? Dazu war er viel zu müde.

Morgen, nach der Schule? Wie sollte er das schaffen? Die letzte Stunde endete um halb zwei, und um vier mussten die Monster bereits im Kaufhaus sein.

„Äh … Max … das ist aber noch nicht alles!“, sagte Frank. „Zur völligen Heilung sind drei zerstoßene Haifischzähne nötig und eine Prise Friedhofserde!“

Max starrte ihn ungläubig an. „Frank Steinchen, das … das schaffe ich nie!“

Frankensteins kleiner Bruder hob den Zeigefinger und sagte: „Max, Sie können mehr, als Sie denken. Ohne Ihre Hilfe bleiben wir mindestens sieben Jahre lang krank.“

Max seufzte. „Also … ich … ich werde mein Bestes tun. Aber jetzt … muss ich ins Bett!“

Als er zu Hause ankam, blickte er besorgt nach oben. Brannte Licht in der Wohnung? Nein! Er atmete erleichtert auf. Das Auto seiner Eltern war auch nirgendwo zu sehen. Dafür fiel sein Blick auf die Glasscherben unter seinem Fenster. Max hob die größten vorsichtig auf und schob die Splitter mit dem Schuh in den Rinnstein. Wie sollte er Papa und Mama die zerbrochene Scheibe erklären?

Gleich darauf hatte er die rettende Idee. Er hetzte in den zweiten Stock und stürmte in sein Zimmer. Dort ließ er die Glasscherben vor dem Fenster auf den Boden fallen. Dann nahm er einen Zettel aus seinem Schreibtisch und schrieb darauf mit rotem Filzstift: „Geliebte Dodo! Ich bin verrückt nach Dir! Küsschen!“
Dodo war seine große Schwester, die ihn immer wie ein Baby behandelte. Zurzeit wurde sie von einem Jungen

namens Egon Grünschädel verehrt. Max nahm einen großen Stein aus seiner Steinesammlung und wickelte den Zettel rundherum. Mit einem zufriedenen Grinsen legte er ihn zwischen die Splitter.

Hastig zog er sich aus und schlüpfte unter die Decke. Kurz darauf hörte er auch schon seine Eltern nach Hause kommen. Leise öffnete seine Mutter die Tür zu Max' Zimmer, um nach ihm zu sehen.

„Mama!", hauchte er leidend. „Mama … ich … ich habe Angst … Jemand hat etwas durch das Fenster geworfen!"

Seine Mutter knipste das Licht an und sah die Bescherung. „Tatsächlich! So eine Unverschämtheit! Mein armes Kind!"

Nachdem sie die um den Stein gewickelte Botschaft gelesen hatte, schimpfte sie: „Das war bestimmt dieser Egon."

Max blickte sie treuherzig an: „Aber Egon ist doch mit Dodo auf der Klassenfahrt!"
„Richtig!", schnaubte seine Mutter. „Dann war es ein anderer Verehrer deiner Schwester. Wenn wir herausfinden, um wen es sich handelt, muss er die Scheibe bezahlen." Sie setzte sich auf die Bettkante und streichelte Max über das Haar. „Armes Häschen, du musst dich entsetzlich gefürchtet haben! Aber jetzt ist alles wieder gut. Wir sind ja da! Schlaf schön!"
Viel Schlaf bekam Max in dieser Nacht allerdings nicht. Die Probleme ließen ihn nicht zur Ruhe kommen.

Als sich um zehn vor sieben sein Radiowecker meldete, fühlte er sich, als hätte ihm jemand mit einer Keule auf den Kopf geschlagen. Wie sollte er bloß die Mathe-Prüfung schaffen? Und woher bekam er den Krötensaft und die Haifischzähne? Dann fiel ihm ein, was Frank Steinchen gesagt hatte: „Max, Sie können mehr, als Sie denken!“ Hoffentlich hatte er recht.

815

WOVON MAX NICHTS WEISS

Zur selben Zeit, als Max gerade unter der Dusche stand, hielt ein Zug im Hauptbahnhof. Er kam aus London und war die ganze Nacht unterwegs gewesen. Aus dem Schlafwagen stieg eine sehr große, sehr dürre Frau in einem Leopardenmantel. Ihre kleinen, stechenden Augen wirkten sehr müde, und ihre dünnen Lippen waren zusammengekniffen. „Tempo, Adonis, oder soll ich mir die Beine in den Bauch stehen?“, keifte sie in den Waggon.

„Ich komme schon, Chefin! Ich beeile mich!“, ertönte eine hohe Stimme.

Hinter der Frau tauchte ein mittelgroßer Mann auf, der sein blondes Haar in der Mitte gescheitelt hatte. Er steckte in einem dunkelblauen Anzug, der ihm viel zu groß war, und hatte den Schlips statt unter dem Hemdkragen direkt um den Hals gebunden.

„Adonis, Sie haben nicht einmal ein Amselhirn. Sie haben höchstens den Grips einer Blattwanze!", schimpfte die Frau.

„Aber ich habe doch nur verschlafen, Chefin!", verteidigte sich Adonis. „Bitte, Frau Kätscher, glauben Sie mir endlich, dass ich dieses Telegramm nicht geschickt habe!"

Der Mann versuchte, die vielen Koffer seiner Chefin aus dem Zug zu wuchten. Da er aber alle auf einmal genommen hatte, blieb er in der Tür stecken und kam weder vor noch zurück. Als Frau Kätscher das bemerkte, riss sie ihn verärgert am Arm. Adonis Amselhirn stolperte und landete mit allen Koffern auf dem Bahnsteig. „Sie Strohkopf!", zischte Frau Kätscher. „Sie haben mich mit einem Telegramm nach Schottland gerufen, weil Sie angeblich die Tochter des Ungeheuers von Loch Ness entdeckt haben!"
Adonis hob flehend die Hände: „Chefin, zum 122. Mal! Ich habe kein Telegramm geschickt!"

Er sagte die Wahrheit. Das Telegramm stammte nämlich von Max. Karla Kätscher, die Direktorin einer jämmerlichen Pappmonstershow, war seit Jahren hinter den letzten Monstern der Welt her. Sie wollte sie zur Hauptattraktion ihres Monsterzirkus machen und damit viel Geld verdienen. Um seine Freunde vor ihr zu schützen, hatte sie Max mithilfe des falschen Telegramms nach Schottland gelockt, wo ihr Gehilfe Adonis seit einiger Zeit nach Nessina gesucht hatte.

Karla Kätscher packte Adonis am Ohr.

„Nicht … aua … das tut weh!“, jammerte er.

„Hören Sie, Adonis, Sie Amselhirn, Ihre Dummheit geht mir auf den Geist. Wir sind fast pleite, und Sie haben noch immer kein einziges Monster gefangen. Ich gebe Ihnen noch drei Tage Zeit! Schaffen Sie es bis dahin nicht, werden Sie in Zukunft in der Schlabber-Schleim-Bude arbeiten.“

Auf Adonis' Oberlippe trat Schweiß. „Bitte tun Sie mir das nicht an, Chefin!", flehte er. In der Schlabber-Schleim-Bude musste man sich von den Besuchern der Show mit klebrigem, gelbem Schleim bewerfen lassen. Diese Attraktion war bei den Leuten sehr beliebt, für die Mitarbeiter von Frau Kätscher war es aber eine Strafe. „Ich werde suchen, suchen, suchen!", versprach Adonis. Allerdings hatte er noch keine Ahnung, wo.

Seine Chefin trippelte auf ihren hohen Stöckelschuhen voran, und Adonis stolperte mit dem Gepäck hinterher.
„Die Morgenzeitung!“, rief ein Verkäufer, als sie aus dem Bahnhof traten.
„Kaufen Sie eine, Adonis!“, befahl Karla Kätscher.
„Äh … das Geld ist in meiner rechten Jackentasche!“, sagte Adonis zu dem Zeitungsmann. „Nehmen Sie es sich heraus, ich habe leider keine Hand frei.“

Der Verkäufer blickte ihn ratlos an. „Und wohin soll ich Ihnen die Zeitung geben?“ Adonis klappte den Mund auf und schnappte sie wie ein Hund. Während er seiner Chefin nacheilte, schielte er neugierig auf die erste Seite – und traute seinen Augen nicht. In dicken Großbuchstaben stand da geschrieben:

Monsterparty im Kaufhaus Grünschädel.
Echte Monster garantieren für Gänsehaut.

Er machte innerlich einen Luftsprung. Vielleicht konnte er seiner Chefin schon bald einen guten Fang vorweisen!

EIN UNGLÜCKSTAG?

Den Freitag in der Schule
konnte Max gar nicht ausstehen. Er begann bereits in der ersten Stunde mit Sport. Max war zwar ein guter Turner und sprang weiter und höher als die meisten anderen, aber er hatte Angst vor Bällen. Immer fürchtete er, getroffen zu werden.
Das Schlimmste war für ihn Fußballspielen, und das stand jeden Freitag auf dem Stundenplan. Jan und Christopher, die beiden besten Kicker seiner Klasse, stellten immer die Mannschaften zusammen. Abwechselnd riefen sie die Schüler auf, die sie in ihrem Team haben wollten. Max blieb immer als Letzter übrig und musste sich stets anhören: „Oh nein, mit dir haben wir schon verloren!" Das tat weh. Sehr weh sogar.

Dabei versuchte Max wirklich sein Bestes. Aber sobald der Ball auf ihn zukam, ging er schleunigst in Deckung. Sogar Herr Grobmüller, sein Sportlehrer, machte sich darüber lustig.
An diesem Freitag war es besonders schlimm. Max war unausgeschlafen und musste ständig an den Krötensaft und die Haifischzähne denken. Selbst als der Fußball direkt vor seine Füße rollte und er mit einem winzigen Stoß ein Tor hätte schießen können, schaffte er es nicht.

Christopher, sein Mannschaftskapitän, heulte vor Wut auf. „Dieser Max Müller gehört verboten!“, schrie er. „So eine Null darf man nicht auf den Fußballplatz lassen!“

Max bekam einen knallroten Kopf und ballte die Fäuste. „Reg dich nicht so auf!“, zischte er.

„Natürlich rege ich mich auf, du Doppelniete!“, schrie Christopher.

Max spürte, wie in ihm der Zorn hochstieg. „Tu nicht so, als wärst du Mister Superheld persönlich, nur weil du einem dämlichen Ball nachrennen kannst!“

Christopher pflanzte sich vor ihm auf und drängte Max gegen die Wand. „Ich glaub, du tickst nicht richtig!“, knurrte er. „Wenn du Ärger willst, kannst du gerne welchen haben. Aber dann mach dich auf was gefasst.“

Max würgte. „Das traust du dich jetzt nur, weil Herr Grobmüller nicht hier ist!“

„Ich trau mich alles, immer und überall!“, prahlte Christopher.

„Wenn das wahr ist, dann hol mir drei Haifischzähne aus dem Bio-Zimmer!“, sagte Max, ohne lange zu überlegen. Im Bio-Zimmer gab es viele ausgestopfte Tiere, ein Skelett, Schlangen in Spiritus und auch ein Haifischgebiss. Ganz plötzlich war Max das eingefallen.

„Na und, denkst du, davor hab ich Angst?“, schnaubte Christopher.

Max ging aufs Ganze: „Ich wette, du traust dich nicht einmal, eine Kröte zu streicheln!“, verkündete er. Die anderen aus der Klasse kicherten.

„Soll das eine Mutprobe sein?“, fragte Christopher höhnisch.

„Na ja, da du dich ja alles, immer und überall traust, ist das doch bestimmt eine Kleinigkeit für dich,

oder?“ Max staunte selbst über seinen Mut und seine Unverfrorenheit.
„Und wo soll ich bitte eine Kröte streicheln?“, fragte Christopher.
„Na bei uns, im Schulteich, hinter dem Hof!“, rief Jan, der Christophers Aufschneiderei nicht ausstehen konnte. „Dort gibt es sieben Kröten. Da ist bestimmt eine dabei, der vor dir nicht graust!“ Die Klasse brach in schallendes Gelächter aus.
„Wenn ihr denkt, dass ich vor so einer Lächerlichkeit kneife, habt ihr euch geirrt!“, schrie Christopher. „Du kriegst die Haifischzähne, und in der großen Pause werde ich die Kröten streicheln. Ihr seid alle herzlich dazu eingeladen!“

Doch kaum war Max eine Sorge los, erwartete ihn schon die nächste. In der zweiten Stunde war die Mathe-Prüfung. Herr Donner, der Lehrer, machte seinem Namen alle Ehre. Die meiste Zeit war er still und ruhig, doch plötzlich und aus heiterem Himmel donnerte er los. Herr Donner war sehr unbeliebt. Er erklärte alles nur einmal, und wenn jemand etwas nicht verstanden hatte, lautete seine Antwort immer: „Ich würde dir raten, in den Kindergarten zurückzukehren!“ Wer von ihm geprüft wurde, hatte nichts zu lachen. Seine Aufgaben waren immer sehr, sehr schwierig, und meistens verteilte er nur schlechte Noten. „Sehr gut bin nur ich!“, pflegte er zu sagen.

„Max Müller, an die Tafel!", rief Herr Donner, nachdem er seine Unterlagen auf den Lehrertisch geknallt hatte. Max erhob sich und ging nach vorne.

„Schreib auf!", kommandierte der Lehrer. Max schrieb, und mit jeder Zahl, die er an die Tafel malte, wurde ihm schwindliger. Die Einsen, Zweien, Dreien und Achten tanzten wild vor seinen Augen. Gestern Nachmittag hatte er noch genau gewusst, wie er rechnen musste. Doch jetzt war sein Kopf wie leer.

Herr Donner trommelte ununterbrochen mit den Fingern auf dem Tisch. „Und … was ist? Nichts gelernt?" Max wollte etwas sagen, aber er hatte einen Kloß im Hals. „Wir sehen müde aus, junger Mann. Ich zähle jetzt bis zehn, und wenn du die Aufgabe dann nicht gelöst hast, bedeutet das Ärger für dich!"

Im Klassenzimmer herrschte absolute Stille. Alle zogen die Köpfe ein, um nur ja nicht aufzufallen. „... acht ... neun ... zehn! Setzen, Prüfung nicht bestanden!", verkündete der Lehrer.
Max begann zu schwitzen und stotterte: „Ja ... aber ... aber ... ich ...!"
Herr Donner würdigte ihn keines Blickes. Er holte sich in dieser Stunde noch fünf andere Schüler an die Tafel, und keiner konnte ihm ein Ergebnis bringen.
„Das, was der will, haben wir noch gar nicht gelernt!", raunte Lilly, die hinter Max saß. Max nickte. Genau das hatte er vorhin sagen wollen. Dieser Donner war einfach widerlich! Aber was sollten sie gegen ihn tun?
Endlich ertönte der Gong, der das Ende der Folterstunde verkündete. Die Jungen und Mädchen

stürmten auf den Schulhof. Max trottete wie ein begossener Pudel hinterher. Seine Eltern würden die schlechte Note nicht einfach hinnehmen. Bestimmt gab es eine Strafpredigt und Hausarrest. Lustlos biss Max in sein Pausenbrot mit Salami, Ketchup und Gurkenscheiben. Es war sein Lieblingsbrot, aber an diesem Unglückstag schmeckte es wie Watte.

„Da … da sind die Haifischzähne!“, sagte eine Stimme hinter ihm. Max drehte sich um und blickte auf Christophers ausgestreckte Hand. Auf ihr lagen einige weiße, dreieckige Stückchen.
„Das sollen Haifischzähne sein?“, fragte Max ungläubig.
„Wenn du mir nicht glaubst, dann frag doch einen Bio-Lehrer!“, meinte Christopher und grinste dabei. „Und nun zu den Kröten!“ Großspurig stapfte er zum Teich, den einige Schüler am Ende des Hofes angelegt hatten.
„Na, wo seid ihr denn? Kommt zu Onkel Christopher, damit er euch kraulen kann!“, säuselte er. Endlich hatte er eines der grün-braunen Tiere entdeckt.

Doch die Kröte hielt nichts vom Streicheln und hüpfte mit einem großen Satz ins Wasser. „Mistvieh!“, schimpfte Christopher. Bei den nächsten beiden Tieren erging es ihm nicht besser. Max konnte sich ein Schmunzeln nicht verkneifen. Als Christopher das sah, fauchte er: „He, Mister Superman, wenn du so gut bist, dann mach es doch selbst!“
Max schluckte. Damit hatte er nicht gerechnet. „Äh … also …“, stotterte er.

„Du bist und bleibst ein Jammerlappen!“, zischte Christopher. Er packte Max am Pulli und zerrte ihn zum Teich. „Ich glaube, du musst dringend baden!“

Die umstehenden Schüler lachten boshaft.
„He, seid ihr völlig bekloppt? Hört auf! Sonst wandern die Kröten noch aus vor Schreck!“ Lilly aus Max’ Klasse trennte die beiden Streithähne. „Und jetzt werdet ihr beide eine Kröte kraulen!“ Mit einem geschickten Griff packte sie ein dickes, großes Tier und hob es hoch. Max und Christopher wichen erschrocken zurück.
„Stellt euch nicht so an. Das ist keine Giftschlange,

sondern ein freundliches Tier, das Mücken frisst." Nur langsam und zögernd ließen die Jungen ihre Fingerspitzen über die warzige Haut der Kröte gleiten.

„Ist gar nicht so schlimm!", dachte Max und ließ sich von Lilly das Tier sogar auf die Hand setzen.

„He …!" Die anderen Schüler gaben anerkennende Bemerkungen von sich. Lilly war auf jeden Fall als Siegerin aus diesem Streit hervorgegangen. Max lag aber immerhin auf dem zweiten Platz. Als er die Kröte vorsichtig zurück ins Gras setzte und diese ein tiefes, zufriedenes „Croaaak" von sich gab, applaudierten sogar einige. Der Schulgong beendete die Vorstellung.

Während Max zu seiner Klasse zurücklief, wischte er die Hand im Taschentuch ab. Er hatte den Krötensaft selbst besorgt und war stolz darauf. Wenigstens ein Lichtblick an diesem entsetzlichen Tag! „Wenn meine Freunde die Zähne und den Saft bekommen, sind die Monstermasern geheilt!“, freute er sich. Die Friedhofserde hatte er völlig vergessen.

ALLES FALSCH!

In der dritten Stunde stand Biologie auf dem Stundenplan. Dieses Fach wurde von Frau Gertrude Grillich unterrichtet und war sehr beliebt. Das lag weniger am Stoff als an der kleinen, etwas seltsamen Lehrerin. Ihr rotes Haar sah aus, als hätte der Friseur es nicht geschnitten, sondern abgebissen, ihre Kleidung war schrill und schräg. Zu alledem trug sie giftgrüne Strümpfe.

In den Biologiestunden war es immer laut, und sehr oft schrieben einige Jungen und Mädchen Hausaufgaben ab oder lasen unter der Bank. Obwohl einige Kinder gar nicht nett zu ihr waren und ihr manchmal gemeine Streiche spielten, verlor Frau Grillich nie die Nerven.

Max fand Biologie normalerweise interessant, aber an diesem Vormittag waren seine Gedanken ganz woanders. Er hatte die Haifischzähne und das Krötensaft-Taschentuch vor sich auf den Tisch gelegt und starrte beides unentwegt an. So bemerkte er nicht, dass Frau Grillich durch die Reihen ging und direkt auf ihn zukam.

„Max, was hast du da?"

Max zog erschrocken den Kopf ein.

Die Hand der Lehrerin griff nach den weißen Zähnen.

„Bitte kannst du mir etwas erklären …?"

„Ich … äh … also …", stotterte Max. Gleich würde er als Dieb entlarvt werden.

„Stopp, du weißt doch noch gar nicht, was ich wissen möchte!", meinte Frau Grillich.

Die anderen in der Klasse waren ausnahmsweise verstummt und blickten neugierig zu Max. Max spürte, wie das Blut aus seinem Kopf wich und ihm schwindlig wurde.

Die Lehrerin sah ihn besorgt an. „Ist dir schlecht?"

Max nickte. Ihm war so übel, als hätte er drei Packungen Gummibärchen mit Ketchup und Pommes gegessen.

„Junge, du bist ja käseweiß im Gesicht", sagte Frau Grillich. Sie legte die Haifischzähne zurück.

„Max, du gehst besser nach Hause. Ich glaube, du wirst krank. Schaffst du es allein?"

Max grinste verlegen. „Ja, doch … ich schaff es allein. Auf Wiedersehen!"

Schwein gehabt! Er wurde nach Hause geschickt! Er ließ die Haifischzähne und das Taschentuch schnell in seiner Schultasche verschwinden. Mit vielen Verneigungen verließ Max im Rückwärtsgang das Klassenzimmer.
Auf dem Flur lehnte er sich kurz gegen die Wand und versuchte sich zu beruhigen. Dann rannte er los. Nichts wie zur Geisterbahn!

Eine Viertelstunde später war er am Ziel und streckte seinen Kopf in den großen, düsteren Raum. „Ich bin da! Gleich geht es euch besser!", rief er.
„Wurde auch langsam Zeit!", zischte Luzilla. „Ich wollte mir schon einen Schleier besorgen, um mein Gesicht zu verdecken!" Aus lauter Verzweiflung schob sich die Rieseneidechse einen Reißnagel nach dem anderen in ihr spitzes Maul und zerkaute sie wie Chips.
Wolfgang Amadeus Werwolf stand mit dem Rücken gegen eine Holzsäule gelehnt und kratzte sich daran.

„Mach schon, Max! Die Flecken jucken, dass ich aus dem Pelz fahren möchte!“, jammerte er.
„Der kleine Kerl hat bestimmt das Falsche gebracht!“, ätzte Kopf 1 von Zerbi.
„Wetten, dass? Der ist höchstens als Hundefutter geeignet!“, knurrte Kopf 2.
„Glaubt ihr, ich will mir den Magen verderben? Max ist allerhöchstens etwas für Katzen. Denen könnte er schmecken!“, brummte Kopf 3.

Max spürte, wie die Wut in ihm aufstieg. Er hatte seit vergangener Nacht die schrecklichsten Sachen auf sich genommen, um seinen Freunden zu helfen, und nun wollten sie ihn an Katzen verfüttern!

„Max, lassen Sie sich nicht ärgern!", meldete sich Frank Steinchen. Die Flecken in seinem Gesicht waren größer geworden. „Bitte, reichen Sie mir die Zutaten für die Medizin!"

Als Max das Metallgefäß in den Händen seines Freundes sah, wich er zurück. „Ist das … ist das … eine Urne?", fragte er beklommen.

„Ja, wieso?", antwortete Frankensteins kleiner Bruder. „Selbstverständlich ist sie leer. In ihr werden wir die Medizin mixen."

„Da … der Krötenschweiß!" Stolz überreichte Max das Taschentuch. „Und hier die Haifischzähne!"

Er legte die weißen Stückchen auf Franks bleiche, kalte Hand. Das kleine Monster musterte sie skeptisch und fragte: „Handelt es sich hierbei tatsächlich um die Zähne eines Hais?“ Max nickte. „Haben Sie ihm die Zähne eigenhändig gezogen?“, bohrte Frank weiter.
Max spürte, wie seine Ohren zu glühen begannen. „Äh … also … nicht direkt …“, japste er. Nessina streckte die grüne Pfote aus der Wanne und griff nach den weißen Dreiecken. Sie schob sie in ihr Maul und biss darauf. „Wäää … igitt! Pfui Seifenschleim!“, schimpfte sie.

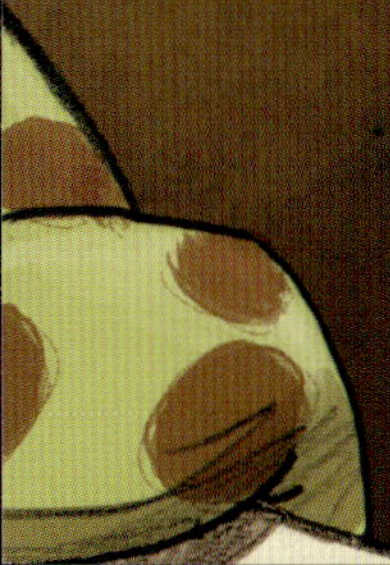

EIN MONSTERMÄSSIGER VERSAGER

„Das sind doch keine Haifischzähne.
Das sind Splitter einer Kloschüssel!", stellte Nessina fest. Max riss die Augen auf. „Was??? Splitter einer Kloschüssel?" Jetzt ging ihm ein Licht auf: Christopher, der feige Mistkerl, hatte sich die weißen Stückchen aus der Toilette besorgt. Dort gab es eine kaputte, zerbrochene Schüssel, die der Hausmeister nie austauschen ließ. Wieder einmal hatte Max den Wunsch, im Boden zu versinken.

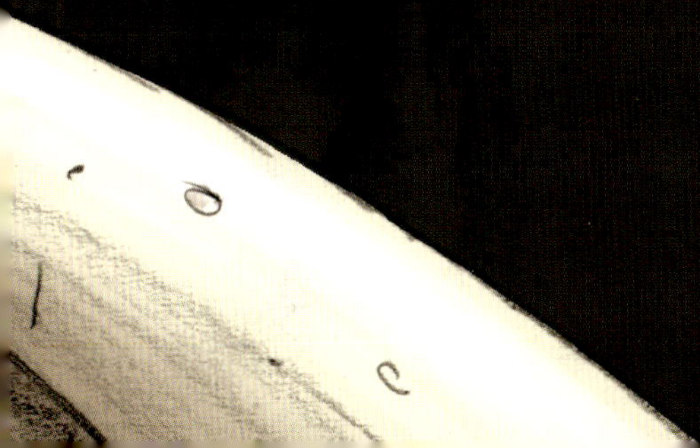

Frank Steinchen lächelte gequält. „Bitte geben Sie mir die Friedhofserde, Max. Vielleicht benötigen wir die Haizähne gar nicht!“

Vor Max’ Augen tanzten tausend schwarze Grabsteine. „Die Erde … die habe ich völlig vergessen.“

Die Monster schwiegen eiskalt. Nur Füßchen tänzelte um ihn herum und stupste ihn aufmunternd an.

„Scheint heute nicht dein Glückstag zu sein. Dabei habe ich dir nicht einmal den bösen Blick zugeworfen!“, meinte die Mumie.

Max sah auf seine Uhr. Es war erst elf, er hatte noch Zeit.

„Ich schlage vor, wir kümmern uns selbst um die Medizin!“, sagte der Werwolf.

„Das halten wir auch für besser!“, riefen Zerbis Köpfe im Chor.

Boris, das Frankensteinmonster, grunzte: „Seht mal her!" Er drehte an den beiden Bolzen, die links und rechts aus seinem Hals standen, und sein Kopf begann grün zu glühen. Mit den Flecken in seinem Gesicht sah er wie ein leuchtendes Stück Emmentaler aus. „Hohoho!", lachte er hohl. „Oh nein!", stöhnten die anderen.
Max trat nervös von einem Bein auf das andere.

„Also … äh … dann kann ich … was soll ich machen?“, stammelte er. Die Monster antworteten nicht, und das war das Schlimmste überhaupt. „Ich, äh … also … ich … wenn ihr euch die Medizin selbst macht … ich hole euch dann um drei ab … für den Auftritt!“

Wolfgang Amadeus Werwolf baute sich vor Max auf, blickte spöttisch auf ihn hinab und sagte: „Kratz mich am Rücken!“ Max tat es widerwillig, denn die alte Lederjacke, die der Werwolf anhatte, war schmutzig und speckig. „Wir werden nicht herumlaufen und nach Haizähnen suchen!“, verkündete der Wolf. „Die Gefahr, dabei Karla Kätscher in die Hände zu fallen, ist zu groß. Wir werden auch nicht in dieses Kaufhaus gehen. Seht endlich ein, dass die Geisterbahn ein schlechtes Versteck ist. Wir müssen fort!“

„Nein … bitte … nicht!“, stammelte Max. Er wollte seine neuen Freunde nicht schon so schnell wieder verlieren.

„Ich stimme Wolfi zu! Wir dürfen nicht hinaus!“, rief Luzilla mit schriller Stimme.

Dieser Meinung waren auch die anderen. Max sank zusammen wie eine Luftmatratze, aus der man den Stöpsel gezogen hat. „Ich … ich … bringe euch alles!", versprach er.
„Überlassen Sie bitte alles uns!", erwiderte Frank Steinchen leise. „Nein, nein, nein", prustete Nessina und strampelte heftig in ihrer Badewanne. „Nein, Frank Steinchen, auch du wirst nicht wieder hinausgehen wie gestern. Denk an die Frau, die dir nachgelaufen ist!"

Frank Steinchen hob den Zeigefinger und erklärte: „Aber nur, weil sie mir etwas geben wollte, was ich euch dann gebracht habe. Und es hat euch monstermäßig gut geschmeckt!“

Mombo, die Mumie, fing klatschend eine Motte und kam dabei neben Max zu stehen. „Ich denke, du bist hier nicht mehr erwünscht!“
Peng, das war wie ein Faustschlag in die Magengrube. Max spürte, wie Tränen in seine Augen stiegen. Aber er presste die Lippen zusammen, drehte sich schnell um und kletterte in den Geheimgang.

„Ich denke, das war nicht sehr freundlich, Mombo!“, hörte er Frank Steinchen vorwurfsvoll sagen. Er hoffte noch kurz, dass ihn jemand zurückrief, aber er hoffte vergebens.
Als Max aus dem Kanal auf die Straße kletterte, beschloss er, noch eine Runde über den Rummelplatz zu drehen. Von dort schlenderte er weiter in den Park. Missmutig kickte er eine Blechdose vor sich her. Seine Wut und seine Verzweiflung wuchsen. Aus der Traum von den ungewöhnlichen Freunden! Er war ein Versager, der sich von Christopher, diesem Schwachkopf, hatte hereinlegen lassen.

An einem Zeitschriftenkiosk ließ er seine Augen über die Schlagzeilen der Tageszeitungen gleiten. „Zug entgleist, 233 Verletzte!“, las er. Und: „Mann baute 21 Unfälle an einem Tag“. Außerdem: „Gift in Eislollis“ und „Baby schluckte Haarföhn“.

Mit hängendem Kopf schlich Max weiter. Beim Ententeich stand eine junge Frau mit einem kleinen Eiswagen. Auf einer Tafel waren Bilder der verschiedenen Spezialitäten aufgeklebt. Max kramte in seinen Taschen. Er hatte sich ein wenig Trost verdient an diesem rabenschwarzen Unglückstag! Schließlich hatte er zwei Euro und ein paar Cent zusammengekratzt: „Was gibt es denn für zwei Euro?“

Die Verkäuferin deutete auf einen Cola-Lutscher und einen raketenförmigen Eislolli, der nach Orange, Zitrone und Ananas schmeckte. Darüber war ein grasgrüner Lutscher in der Form einer Spinne abgebildet. Allerdings war dieses Eis durchgestrichen.

„Haben Sie das nicht mehr?", fragte Max.

Die Frau schüttelte den Kopf. „Viel schlimmer, bei diesem Eis ist ein Fehler in der Fabrik passiert. Es wollte schon vorher keiner kaufen, weil den Leuten vor der Spinnenform ekelte, und deshalb wurde es gestern verschenkt. Als Werbung. Ich musste es den Leuten regelrecht aufdrängen, damit sie es wenigstens probierten. Und jetzt … jetzt haben sie alle rote Flecken im Gesicht!"

Max horchte auf. „Was? Wirklich?"

„Jaja, in den Zeitungen stehen böse Berichte über die Geschichte, und die Eisfirma hat natürlich großen Ärger bekommen!"

„Hören Sie, was müssen die Menschen machen, um die roten Flecken wieder wegzubekommen? Müssen sie ins Krankenhaus?“, wollte Max wissen.

„Nein, es gibt eine Notstation in der Eisfabrik. Dort … hm … ja, was wird dort gemacht? Ich kann es dir leider nicht sagen. Ich habe nur gehört, dass es dort ein Mittel gibt.“

Max knabberte aufgeregt an seinen Fingernägeln. „Haben Sie … einen Lippenstift, den Sie mir borgen können?“, fragte er plötzlich.

Die Verkäuferin riss die Augenbrauen hoch und fragte ihn verdutzt: „Wieso brauchst du denn einen Lippenstift?“
Max zuckte mit den Schultern. „Zum Anmalen natürlich!“

Die junge Frau wich ein Stück zurück. „Äh … sag mal … schminkst du dich immer?“, wollte sie wissen. Max winkte ab. „Nein, nie … ich … es geht … ach, das würde jetzt alles zu lange dauern!“ Er hatte eigentlich vorgehabt, sich selbst rote Flecken ins Gesicht zu malen und dann zu diesem Doktor zu gehen. Aber er verwarf die Idee wieder. Ein Arzt würde den Schwindel sofort durchschauen. Max fasste einen anderen Plan.

AUF GEHT'S

Max ließ sich von der Verkäuferin die Adresse von der Eisfabrik geben. Danach stürmte er zur Geisterbahn zurück, in der die Stimmung immer noch bei minus 30 Grad lag.

Als Max Hallo sagte, grüßte nur Frank Steinchen mürrisch zurück. Füßchen schmiegte sich an Max' Bein, als wollte es sagen: „Nimm ihnen das nicht übel!"

Max holte tief Luft, stemmte die Hände in die Seite und sagte laut: „Ihr habt keine Monstermasern!"

Dieser Satz wirkte, als hätte er „Feuer! Feuer!“ gerufen. Luzilla schlüpfte unter der Decke hervor, und Bibber-Boris bekam vor Überraschung einen Wackelkontakt, worauf sein rechter Arm wie ein Flügel auf- und niederflatterte. Zerbis drei Köpfe fletschten die Zähne, Baby-Drak starrte düster vor sich hin, der Werwolf schnappte Max an der Jacke, und Nessina tippte sich mit

der grünen Pfote an die Stirn. „Du hast wohl Quallen im Hirn!“, schimpfte sie. „Was sollen die Flecken sonst sein?“ Wolfgang Amadeus leckte sich die haarige Schnauze und meinte: „Kleiner, bis zum nächsten Vollmond dauert

es noch ein Weilchen, aber bis dahin könnte ich dich ja einfrieren!"
Max strampelte entsetzt und rief keuchend: „Aber ich kann euch alles erklären!" Frank Steinchen gab dem Werwolf ein Zeichen, den Jungen loszulassen. „Ihr habt gestern alle grüne Eislollis gegessen, die wie Spinnen aussahen. Nur Mombo und Füßchen nicht, weil sie nie etwas essen. Stimmt's?"
Die Monster nickten heftig. „Woher weißt du das?", erkundigte sich Luzilla.
„Ich weiß noch viel mehr!", meinte Max stolz. „Eine Eisverkäuferin hat Frank das Eis regelrecht aufgedrängt!" Frankensteins Bruder gab ihm recht. Nun kam Max zum Wichtigsten:

„Das Eis war vergiftet. Alle Leute, die eins gegessen haben, haben rote Flecken bekommen und müssen jetzt zu einem Doktor. Der hat ein Mittel, das euch sofort wieder gesund macht.“

Die Monster sprangen auf und drängten zu ihm.

„Entschuldige, Max!“, flötete Luzilla.

„Der Junge wirkt manchmal etwas dumm, doch er hat den richtigen Biss!“, stellte der Werwolf fest. Anerkennend klopfte er Max so fest auf den Rücken, dass dieser fast zu Boden geschleudert wurde.

Max wollte die Freude nicht trüben, aber ein kleines Problem gab es bei der Sache: „Ihr müsst mit zu diesem Arzt kommen. Und zwar sofort!“

„Unmöglich … denk an Karla Kätscher!“, riefen die Monster. Max beruhigte sie: „Die ist doch noch in Schottland, keine Sorge!“

Allgemeines Aufatmen. Keiner ahnte, dass Max sich irrte. „Hört her, ich habe euch doch vor ein paar Tagen Verkleidungen gebracht. Die werdet ihr wieder anziehen. Beim Arzt müsst ihr sie bestimmt ablegen, aber ich habe mir etwas überlegt. Ich werde ihm sagen, ihr seid meine Geschwister und so hässlich, dass er euch nur im Dunklen untersuchen darf – mit der Taschenlampe."
Die Ungeheuer hielten das für keine schlechte Idee. Max war ein bisschen bange, dass der Doktor etwas gegen diesen Vorschlag einzuwenden hatte, aber er musste es trotzdem versuchen.
Schnell holten Luzilla und Wolfgang Amadeus Werwolf die Truhe, in der sie die alten Klamotten verstaut hatten. Das letzte Mal hatten sie die Sachen gebraucht, als sie Herrn Egon Grünschädel in seiner Villa besucht

hatten. Ihm gehörten nicht nur mehrere Eisdielen, ein Blumenmarkt und das größte Kaufhaus der Stadt,

sondern auch die alte, grüne Geisterbahn der Monster. Eigentlich sollte sie abgerissen werden und einer Tiefgarage weichen, aber Max und seine Freunde hatten das in letzter Sekunde verhindern können. Für Herrn Grünschädel war das Grundstück jetzt kaum noch etwas wert, aber dieses „kaum noch" waren immer noch stolze 40 000 Euro. Diesen Preis forderte er für die Geisterbahn, und Max war fest entschlossen, das Geld mit seinen Monstern irgendwie zu verdienen. Der Auftritt im Kaufhaus war der erste Schritt dazu.

„Zum Glück ahnt Herr Grünschädel nicht, wer wir sind und dass wir ihm einen Strich durch die Tiefgaragenrechnung gemacht haben", dachte Max.

Nach fünf Minuten waren die Monster mit dem Verkleiden fertig. Bibber-Boris, das Frankensteinmonster, hatte nur einen großen Hut gebraucht, der seinen eckigen Schädel verdeckte. Bei Luzilla war die Sache nicht so einfach. Sie trug ein getupftes Kleid, ein Kopftuch und eine riesige Sonnenbrille. In dieser Maskerade wirkte sie wie ein verrückter Filmstar aus Amerika. Nessina hatte ihren fülligen Körper in einen alten Overall gezwängt und einen Strohhut aufgesetzt, sodass sie wie ein Gärtner aussah. Der Werwolf hatte seine Lederjacke einfach anbehalten und dazu

einen Sturzhelm aufgesetzt, Baby-Drak hatte seinen schwarzen Seidenumhang gegen einen löchrigen Mantel getauscht, und Mombo, die Mumie, steckte in einem alten, grünen Anzug von Max' Vater. Mombo und Füßchen waren zwar nicht krank, doch auch sie wollten mitkommen.

Der Letzte in der Reihe war der Höllenhund, der nun wie ein ganz gewöhnlicher Kläffer mit Halsschmerzen aussah. Zerbis Köpfe 2 und 3 waren nämlich unter einem langen Schal versteckt. „In Ordnung", stellte Max fest. „Wir können los!"

Max beschloss, zu Fuß zur Eisfabrik zu gehen, denn mit dem Bus fahren erschien ihm zu gefährlich. Außerdem waren seine Monsterfreunde ungefähr so laut und unfolgsam wie eine Schulklasse auf einer Klassenfahrt. Schwatzend und grunzend marschierte die gruselige Gruppe durch enge Seitengassen, bis sie endlich einen hohen, langgestreckten Backsteinbau erreichte, über dem das Schild „Fröhlicher Frost" prangte. Vor ihnen lag die Eisfabrik.

Fröhlicher
Frost

MONSTER BEIM DOKTOR

Vorsichtig spähte Max um die Ecke zur Einfahrt auf das Fabrikgelände und zuckte zurück. Das hatte er befürchtet. Eine lange Menschenschlange stand vor dem Haus und wartete auf die Behandlung. „Da stehen wir mindestens drei Stunden!", stöhnte Max. So viel Zeit hatten sie nicht mehr. Seine Armbanduhr zeigte bereits ein Uhr. Max dachte fieberhaft nach. Wie konnte er sich mit allen seinen Monstern vordrängeln? Sein Blick fiel auf Luzilla, und er hatte eine Idee.

„Du kommst mit mir, und die anderen laufen hinterdrein. Bleibt dicht beisammen, verstanden?“ Die Monster nickten artig.

Max packte Luzillas schuppige Pranke und zog die Rieseneidechse hinter sich her. „Zur Seite, bitte vorlassen, ein dringender Notfall!“ Die Menge geriet in Bewegung und versperrte Max und den Monstern den Weg.

„Hier sind nur Notfälle!“, schimpfte eine Frau, die ein kleines, rotgetupftes Mädchen an der Hand hielt. „Aber meine … meine … äh … Schwester ist ein besonderer

Notfall!“, rief Max in gespielter Verzweiflung. „Sie müssen wissen, sie hat von dem grünen Eis nicht nur rote Flecken bekommen! Luzilla, nimm Brille und Kopftuch ab!“

Die Rieseneidechse tat es, und ihr grüner, schuppiger Reptilienkopf kam zum Vorschein. Die Leute schrien erschrocken auf und wichen entsetzt zur Seite.

„Bitte … geh nur … geh nur!“, stammelte die Frau und presste ihre Tochter an sich. Der Weg war frei.

„Sie haben erkannt, dass sie eine Schönheitskönigin vor sich haben!“, hauchte Luzilla glücklich. Max winkte seinen Freunden und marschierte mit ihnen durch eine weiße Metalltür in das Gebäude der Eisfabrik. Ein Mann in einem langen, weißen Mantel trat ihnen entgegen und säuselte zuckersüß: „Ah, der nächste Patient!“

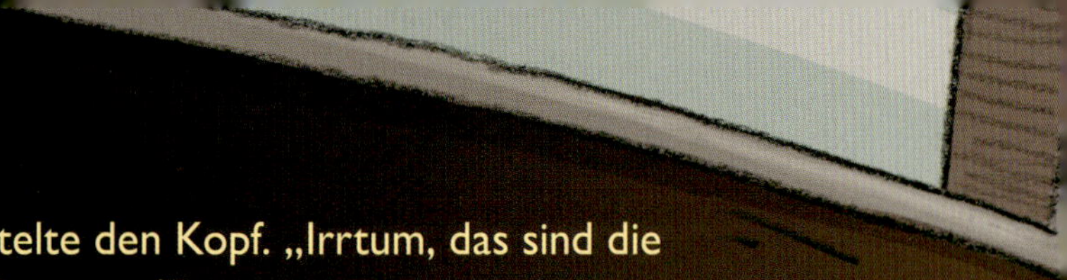

Max schüttelte den Kopf. „Irrtum, das sind die nächsten Patienten!“

Der Mann, bei dem es sich zweifellos um den Doktor handelte, lächelte noch immer gekünstelt. „Bitte freimachen, damit ich die Flecken bepinseln kann. Sie verschwinden dann innerhalb von Sekunden. Außerdem bekommen Sie einige Pillen mit.“

„Freimachen? Was ist das?“, fragte der Werwolf.

„Äh … na ja … ausziehen!“, erklärte Max. Er wandte sich an den Arzt: „Herr Doktor … meine … äh … Geschwister sind alle sehr schüchtern.“ Sehr vertraulich flüsterte er: „Sie sind nämlich ziemlich hässlich. Bitte könnten Sie das Licht ausmachen, wenn Sie sie behandeln?“ Der Arzt runzelte erstaunt die Stirn.

„Nun ja … wie stellst du dir das vor? Das ist unmöglich. Ich muss sie während der Behandlung sehen. Aber macht euch keine Sorgen, ich werde nicht erschrecken und nichts sagen.“

Max warf den Monstern besorgte Blicke zu. Das konnten sie nicht riskieren. Aber was sollten sie machen?

Der Arzt schüttelte eine große, braune Glasflasche, stellte sie auf ein Tischchen und legte einen Pinsel daneben. Es war klar, dass es das Zeug war, mit dem er die Flecken betupfen wollte. Anschließend prüfte er, wie viele gelb-grüne Pillen sich noch in einem Glas befanden. Zum Schluss griff er verwundert nach einer weiteren braunen Flasche: „Nanu, wie kommt das Chloroform hierher?“

Max hatte dieses Wort schon einmal gehört. Mit Chloroform konnte man Menschen und Tiere betäuben. Während er noch überlegte, zischte ihm die Mumie zu: „Geh schon hinaus, ich mach das!“ Max protestierte, aber Mombo schubste ihn unsanft Richtung Tür. Dann hob er

seine Sonnenbrille, und aus den dunklen Augenhöhlen schossen zwei grelle, grüne Strahlen. Sie waren dünn wie Nadeln und trafen genau die Hände des Doktors. Wie immer verfehlten sie ihre Wirkung nicht: Die Flasche rutschte dem Arzt aus den Fingern, fiel zu

Boden und zerbrach. Augenblicklich roch es im ganzen Raum nach Krankenhaus, und der Mann im weißen Kittel verdrehte die Augen. Dann sackte er zusammen.

„Luft anhalten, Zeug schnappen und weg!“, kommandierte die Mumie. Die anderen verstanden schnell, packten Tinktur und Tabletten und sausten davon. Als sie ins Freie traten, wurden sie von Max schon ungeduldig erwartet.

„Wir haben alles, nichts wie weg!“, flüsterten sie ihm zu. Und schon rannten sie, so schnell sie konnten. Dabei verrutschten ihre Hosen, Hemden, Hüte und Kopftücher und gaben ihre wahren Köpfe, Pranken und Klauen frei. Als sie den hohen Gitterzaun erreichten, der die Fabrik umgab, erwartete sie eine unangenehme Überraschung. Dort lauerten zwei Fotoreporter und knipsten wild drauflos.

VORSICHT, FOTOFALLE

„Vorsicht, sonst kommt ihr in die Zeitung!“, rief Max warnend. Luzilla wurde so wütend, dass sie einem der Reporter die Kamera entriss und vor seinen Augen mit drei Bissen verschlang. Der arme Mann kippte völlig verdutzt aus den Schuhen. Der zweite Reporter bewegte sich wie in Zeitlupe. Er hatte die Augen starr auf Luzilla gerichtet und bewegte sich Schritt für Schritt nach hinten.

„Darf ich bitten!“, zwitscherte Luzilla und streckte die grüne Pranke aus.
„Ah … ah … ah!“, stammelte der Mann.
„Ich weiß, dass Sie meine Schönheit betört, aber trotzdem muss ich Sie um Ihre Kamera bitten!“, flötete die Rieseneidechse.
Der Reporter reichte sie ihr mit zitternder Hand und musste zusehen, wie Luzilla ein großes Stück davon abbiss. „Hmmm … schmeckt besser als der Apparat Ihres Kollegen!“, meinte sie und schmatzte genießerisch. Dann verschlang sie hastig den Rest und rülpste zum Abschluss kräftig.

Frank Steinchen wurde nervös. „Max, wir müssen fort von hier. Ich schlage vor, wir ziehen uns in die Geisterbahn zurück, um dort die Flecken zu behandeln."
Max war einverstanden. „Alle mitkommen!", lautete sein Kommando. Geduckt hasteten sie zu ihrem Versteck.
Die Medizin verfehlte ihre Wirkung glücklicherweise auch bei den Monstern nicht. Schnell waren alle von den Flecken befreit.

„Ahhhhh!", seufzte der Werwolf. „Wie angenehm. Ich hatte vorher das Gefühl, einen ganzen Flohzirkus in meinem Pelz zu haben!"

Max blickte auf die Uhr und bekam ein wildes Kribbeln im Bauch. Es war bereits zwei Uhr. Normalerweise kam er um diese Zeit von der Schule nach Hause. Damit seine Mutter nicht misstrauisch wurde, sollte er besser gehen. „Hört gut zu, ich laufe jetzt los und

bin um halb vier wieder da. Dann geht's ab in das Kaufhaus Grünschädel. Ihr müsst dort nur ein wenig herumspuken und Leute erschrecken. Wenn ihr das Geld bekommen habt, kehrt ihr sofort in die Geisterbahn zurück."

Frank Steinchen zeigte auf die Kostüme. „Sollen wir uns verkleiden?"

Max schüttelte den Kopf. „Nein, nicht nötig! Falls euch unterwegs wer fragt, sagt ihr, dass ihr zu eurem Auftritt im Kaufhaus geht. Tut so, als wärt ihr Menschen, die sich

als Monster verkleidet haben!“ Mit diesen Worten ließ Max seine Monsterfreunde etwas ratlos zurück. Verschwitzt und abgehetzt kam er daheim an. Seine Mutter wartete bereits ungeduldig auf ihn. „Hände waschen und ab ins Esszimmer!“, befahl sie. Max schleuderte die Schultasche in sein Zimmer und ging ins Bad.

„Tag, Winzling!“, schallte es ihm aus dem Esszimmer entgegen. Max schluckte. Dodo, seine große Schwester, war wieder da!

Als er sich zu Tisch setzte, musterte ihn Dodo prüfend. „Bist du wieder einmal vor etwas davongerannt?", fragte sie schnippisch. „Vielleicht vor einem hustenden Hund? Oder hat dir einer aus deiner Klasse angedroht, dass er dich kitzelt?"

Max ballte die Fäuste. Dodo war so gemein. Außerdem war sie noch immer wütend, dass Max den Eltern verraten hatte, wie verknallt sie in Egon aus ihrer Klasse war. Damals hatte sie ihm Rache geschworen.

„War heute etwas Besonderes in der Schule?", erkundigte sich Frau Müller.

Max verneinte. Das war nicht gelogen. „Ich … äh … ich muss aber noch einmal zurück, weil ich mein

Mathe-Heft vergessen habe“, stammelte er. In der nächsten Sekunde hätte er sich am liebsten auf den Mund geschlagen. Jetzt fragte seine Mutter bestimmt nach, wie es ihm bei der Prüfung ergangen war. Doch Frau Müller kam nicht dazu. Dodo meldete sich nämlich und verkündete: „Ich möchte gerne ins Kaufhaus Grünschädel gehen. Es gehört doch dem Vater von Egon, und heute sollen dort Leute in Monsterkostümen auftreten. Egon sagt, es wird eine irre Show. Mama, du hast doch nichts dagegen, oder?“ Frau Müller war einverstanden.

Max fiel fast der Löffel aus der Hand. Dodo im Kaufhaus! Das bedeutete, er durfte sich dort nicht blicken lassen. Seine große Schwester würde sonst bestimmt petzen und den Eltern brühwarm berichten, dass Max gar nicht in der Schule war, um sein Heft zu holen.
Max mochte seine Eltern, aber seine Mama meinte es oft zu gut und hätte ihn deshalb am liebsten unter eine gläserne Riesen-Käseglocke gesetzt, damit ihm auch bestimmt nichts zustieß. Deshalb vermied er alles, was sie sinnlos aufregen könnte, und das war oft ganz schön schwierig.
Die Sache mit Dodo war natürlich eine Katastrophe. Er musste die Monster allein in das Kaufhaus schicken. Wenn das nur gut ging!

„Was?“, riefen die Monster im Chor, als Max ihnen die schreckliche Nachricht brachte. „Wir sollen allein in dieses Kaufhaus?“

Frank Steinchen war wie alle anderen dagegen. „Max, das können Sie nicht von uns verlangen. Karla Kätscher könnte in diesem Kaufhaus auf uns lauern!“

Max versuchte Frankensteins kleinen Bruder zu beruhigen. „Karla Kätscher ist samt Adonis Amselhirn in Schottland. Ich habe sie doch mit dem falschen Telegramm hingelockt! Es wird euch nichts geschehen.“

Wolfgang Amadeus Werwolf pflanzte sich neben Max auf. „Hör mal, Kleiner!", begann er. Max zischte: „Sag niemals Kleiner zu mir!"

Der Wolfsmensch fletschte seine Reißzähne und knurrte unwirsch. Baby-Drak und die Mumie stellten sich vor Max und verkündeten: „Die Idee, uns zu vermieten, hast du gehabt. Deshalb wirst du uns auch begleiten!"

Zerbis drei Köpfe waren sich ausnahmsweise einig: „Falls deine Schwester auftaucht, beißen wir ihr ein paar Löcher in die Klamotten. Dann hat sie andere Sorgen, als dich zu verpetzen!"

Boris, das große Frankenstein-Monster, bibberte von der hohen Stirn bis zu den riesigen Schuhen. „Boris hat Angst … Karla Kätscher will aus mir eine Stehlampe machen!

Max holte tief Luft. „Na gut, ich … ich komme mi…mit!“

Der Werwolf leckte sich mit der langen rosa Zunge über das zottige Maul und meinte: „Warum nicht gleich, Kl… äh … Großer!“

Es war höchste Zeit aufzubrechen. Max wusste, dass Herr Grünschädel, der Kaufhausbesitzer, keine Unpünktlichkeit duldete. Bald marschierte eine Monsterkarawane durch die Straßen, und alle Menschen, die ihr begegneten, wichen ängstlich zurück. Mit weit aufgerissenen Augen starrten sie die letzten Ungeheuer der Welt an.

„Die Kostüme sind echt gut, nicht?“, rief Max nach allen Seiten. Die Leute nickten und wischten sich den Angstschweiß von der Stirn.

Endlich tauchte das 14-stöckige, verspiegelte Gebäude vor ihnen auf. Auf dem Dach prangte in riesigen roten Buchstaben: „Kaufhaus Grünschädel".

Über einen Teil der Fassade war ein grünes Transparent gespannt, das in grellgelben Buchstaben verkündete: „Heute großes Monster-Spektakel! Alle Preise dazu monsterhaft günstig!" Beim Eingang stand bereits Herr Grünschädel in einem feinen Anzug. Er war hochrot im Gesicht, und auf seiner Stirn perlte der Schweiß. „Na endlich!", brüllte er zur Begrüßung. „Ich dachte schon, Sie kommen nicht mehr!"

Max versteckte sich hinter Bibber-Boris. Ihn durfte Herr Grünschädel nicht sehen. Er kannte ihn und wusste, dass er Dodos kleiner Bruder war. Natürlich ahnte er nicht, dass Max ihn höchstpersönlich angerufen und sich als der Besitzer der Agentur Miet-Monster und Co. ausgegeben hatte. Max hatte seine Stimme mithilfe eines elektronischen Spielzeugs sehr erwachsen klingen lassen.

„Ist Ihr Chef auch mitgekommen?", wollte Herr Grünschädel wissen. Die Monster öffneten die Münder und Mäuler, um Ja zu sagen.

„Nein!", raunte ihnen Max von hinten zu. „Aber er lässt grüßen!" Die Monster wiederholten seine Worte im Chor.

„Aha, richten Sie ihm aus, dass ich Wert auf mehr Pünktlichkeit lege!", donnerte der Mann, dem die halbe Stadt gehörte.

Ganz in der Nähe schlug eine Uhr viermal. Baby-Drak drängte sich an Boris und der Mumie vorbei und starrte Herrn Grünschädel lange an. „Wir sind pünktlich auf die Minute“, sagte er leise und drohend. Herr Grünschädel wollte losbrüllen, wie er das immer tat, wenn ihm jemand widersprach. Aber Baby-Drak packte den Mann am Arm und raunte: „Ich warne Sie, ich habe heute noch nicht meinen Durst gestillt!“ Der Vampir schlürfte laut und bleckte seine Beißzähne.
Herr Grünschädel klappte den Mund wieder zu und schien erschrocken.

„Das … der ist gut …!“, stotterte er. Er schwitzte nun auch auf der Oberlippe und schien sehr beeindruckt. „Gut … sehr gut! Nur hereinspaziert! Treiben Sie Ihren Spuk, eine Menge Leute wartet schon darauf. Sie können durch alle Abteilungen streifen, aber bitte seien Sie in einer halben Stunde im 13. Stock. Dort ist eine kleine Bühne aufgebaut.“

Die Monster mischten sich unter die einkaufenden Leute. Max folgte ihnen mit einigem Abstand. Die meiste Zeit hielt er sich hinter Regalen oder Kleiderständern versteckt. Schließlich war es aber Zeit, zu der Bühne im 13. Stock zu gehen, und Max musste seine Freunde daran erinnern. Es war aber gar nicht so einfach, sie alle zu finden. Die Ungeheuer waren im ganzen Kaufhaus

verteilt. Max schlich von einem zum anderen und musste oft kichern, als er sah, was die Monster so trieben.

„Iiiii, diese Spukgestalten sehen ja wirklich wie echt aus!“, kreischte eine Frau, die sich gerade einen neuen Lippenstift kaufte.

„Hmmm … lecker … sieht aus, wie ein Blut-Lollipop!“, schmatzte Baby-Drak und fraß ihn ihr vor den Augen weg.

Auch Luzilla fühlte sich in der Kosmetikabteilung sehr wohl. „Ich habe gehört, Schönheit kommt von innen!“, verkündete sie den erbleichten Verkäuferinnen und trank darauf einige Flaschen Duftwasser, schluckte Wimperntusche, Nagellack und Puder.

Frank Steinchen und Boris interessierten sich mehr für die Elektronikabteilung. Boris schnappte sich dort eine silbern glänzende CD und ließ sie auf seinem Zeigefinger kreisen. Als er den Nagel des anderen Zeigefingers daraufsetzte, erklang sofort ein heißer Hit aus den Charts.
Wolfgang Amadeus hatte ein riesiges Motorrad entdeckt, das es bei einem Preisausschreiben zu gewinnen gab. Es war auf einem kleinen Podest ausgestellt und zog ihn wie ein Magnet an. Der Werwolf liebte Motorräder. Er startete es, ließ den Motor aufheulen und begann damit kreuz und quer durch das ganze Haus zu rasen. Er rumpelte die Rolltreppen hinauf und hinab, und die erschrockenen Menschen suchten kreischend das Weite.

Zerbi trieb sich in der Tier-Abteilung herum. Er ließ sich dort vom Verkäufer alle Hundefutterdosen öffnen und probierte jede Köstlichkeit, die es gab. „Mehr!", forderte er schmatzend.
„Aber … aber … Sie hatten bereits 67 Dosen!", japste der Verkäufer.
„Na und?", fragte Kopf 1. „Wir sind drei und haben deshalb den dreifachen Appetit!" Stumm nickend reichte der junge Mann dem Höllenhund Dose Nummer 68.

Mombo Mumie probierte in der Zwischenzeit die neueste Mode. Eine kleine, sehr dünne Verkäuferin reichte ihm die feinsten Anzüge.
„Ich nehme die grüne Jacke!", entschied sich die Mumie schließlich.
„So…so…soll ich sie einpacken?", piepste die junge Frau.
„Nein, nur in Streifen zerreißen, damit ich mich ordentlich darin einwickeln kann", antwortete Mombo. Das war zu viel für die Verkäuferin. Sie fiel in Ohnmacht. Nessina interessierte sich besonders für Badewannen. Davon gab es genug im Kaufhaus Grünschädel, und das Seeungeheuer sprang übermütig von einer in die andere. Das Wasser spritzte nach allen Seiten, und bald stand ein halbes Stockwerk unter Wasser.

Und Füßchen? Füßchen war natürlich bei den Schuhen. Fröhlich zwitschernd schlüpfte es von einem Kuschelpantoffel in den anderen. Vor allem die mit den rosa Quasten vorne drauf gefielen ihm besonders gut. Im 13. Stockwerk hatte sich eine große Menschenmenge versammelt. Max schubste die Monster in Richtung Bühne, wo Herr Grünschädel sie schon erwartete. Er hielt ein Mikrofon in der Hand und verkündete donnernd: „Applaus für meine gruseligen Gäste!“ Während sich Frank, Boris, die Mumie, Nessina, Luzilla, Baby-Drak, Zerbi, der Werwolf und Füßchen einen Weg bahnten, blickte sich Max immer wieder nach allen Seiten um. Dodo hatte er bisher nicht gesehen. Wolfgang Amadeus saß noch immer auf dem Motorrad und bildete die Spitze des Monsterzuges. Endlich hatten die neun die Bühne erreicht und betraten sie. Applaus brandete auf. Doch mitten hinein platzte ein Schreckensschrei von Nessina.

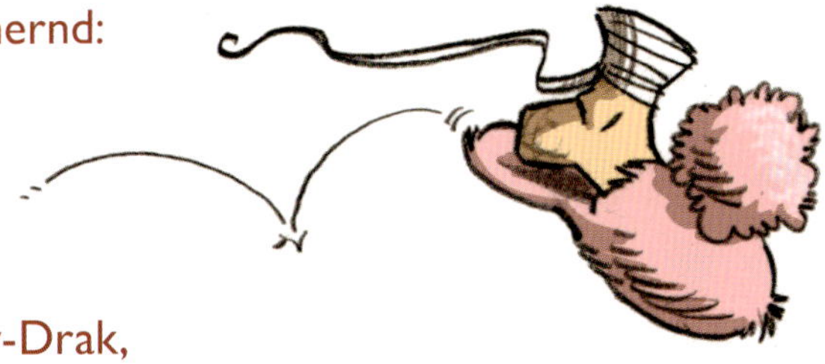

KARLA KÄTSCHER IST DA!

„Karla Kätscher ... dort steht Karla Kätscher ... mit Adonis Amselhirn!“,

meldete Nessina erschrocken. Die Monsterjägerin und ihr Gehilfe hatten die Ungeheuer mittlerweile auch erblickt und drängten sich durch die Menge. Sehr unsanft und heftig boxten sie die Männer, Frauen und Kinder zur Seite. Bald würden sie die Bühne erreicht haben.

„Na, meine Herrschaften, sind das prachtvolle Kostüme?", fragte Herr Grünschädel über Lautsprecher.
Karla Kätscher zischte: „Das sind keine Kostüme, das sind echte Monster. Das sind all die Ungeheuer, die ich seit über drei Jahren jage. Endlich habe ich sie gefunden!"
Die neun Ungeheuer auf der Bühne starrten entsetzt auf ihre Feindin und wichen langsam zurück.
„Aber nun, nachdem Sie das ganze Kaufhaus in Angst und Schrecken versetzt haben", rief Herr Grünschädel, „wollen wir erfahren, wer unter den Masken steckt! Bitte, meine Herrschaften, ziehen Sie die Kostüme aus!"

Max stand am Rande der Menge und kaute vor Verzweiflung an seinen Fingernägeln. „Raus … ihr müsst raus!“, schrie er den Monstern zu.

„Was? Wie? Wie kommen wir hinaus?“, rief Frank Steinchen verzweifelt. Bibber-Boris hatte einen Wackelkontakt, und sein Kopf drehte sich wie wild im Kreis. Die übrigen Ungeheuer machten ein paar Schritte nach links, dann ein paar nach rechts, stießen gegeneinander und kamen kein Stückchen vom Fleck.

„Max! Hilfe!“, riefen sie in ihrer Not.

Max wollte sich schon nach vorne drängen, um seinen Freunden zu Hilfe zu kommen, aber in diesem Moment erblickte er Dodo. Sie stand nur fünf Schritte weiter und reckte neugierig den Hals.
Dodo würde ihn verpetzen, das stand fest. Oder es kam noch schlimmer: Sie würde nicht petzen und ihn dafür erpressen. Das hatte sie schon einmal gemacht. Damals hatte Max Mamas Lieblingsvase zertrümmert. Für ihr Schweigen hatte Dodo einiges von Max gefordert: „Jede Woche einen Euro von deinem Taschengeld und alles, was du von Oma und Opa bekommst! Außerdem musst du auch noch mein Zimmer aufräumen."

Aber seine Freunde waren in Gefahr! Max war hin- und hergerissen. Half er den Monstern, würde Dodo Matsch aus ihm machen.

Karla Kätscher hatte inzwischen die Bühne erreicht und kreischte: „Habe ich euch endlich gefunden! Jetzt gehört ihr mir!“ Die Monster schrien ängstlich auf. Sie wussten, dass diese Frau vor nichts zurückschreckte und sie, ohne mit der Wimper zu zucken, in Käfige stecken würde.

„Max!“, knurrte der Werwolf.

„Das ist alles seine Schuld!“, zischte die Mumie. Zerbis Köpfe fletschten die Zähne und brummten: „Wir werden den Jungen zu dünnem Brei zermahlen, wenn wir ihn erwischen!“

Auch Nessina und Luzilla riefen: „Wir hätten niemals auf ihn hören dürfen!“

Frank Steinchen rang nach Luft und schaffte es, einen klaren Gedanken zu fassen.

„Dort … dort über der Tür steht ‚Notausgang'!", meldete er. „Dort müssen wir hin!" Aber wie? Zwischen ihnen und der Tür befand sich eine dichte

Menschenmenge. Außerdem waren Karla Kätscher und Adonis Amselhirn gerade dabei, auf die Bühne zu klettern. Die Monster würden den beiden genau in die Arme laufen.
„Alle aufsteigen!", brüllte Wolfgang Amadeus Werwolf. „Los, rauf und gut festhalten!"
Die Monster schauten entsetzt. Alle? Auf das eine Motorrad?
Der Wolfsmensch verlor die Geduld. „Macht endlich oder wollt ihr demnächst hinter Gittern sitzen?"

Die Ungeheuer taten, was er verlangte, und hängten sich wie eine Traube an das Motorrad. Der Werwolf drückte auf die Hupe und ließ den Motor laut aufheulen. Er rollte mit dem Motorrad hin und her und brüllte: „Ich werde jetzt über euch alle springen!“
Direktor Grünschädel wurde käseweiß im Gesicht.
„Sind Sie des Wahnsinns fette Beute?“, tobte er. „Lassen Sie das!“

Schreiend wichen die Zuschauer nach beiden Seiten aus, und vor der Bühne bildete sich eine breite Gasse. Sie führte direkt zum Notausgang, und genau dorthin wollte Wolfgang Amadeus. Er hupte, gab Gas, hielt aber die Bremse fest angezogen. Erst als der Motor auf Hochtouren lief, löste er sie, und das Motorrad samt Monstern schoss nach vorne. Karla Kätscher und Adonis konnten gerade noch zur Seite springen.
Der Werwolf raste über den Bühnenrand und landete krachend auf dem Boden. Die Reifen platzten, und mehrere Blechteile fielen klirrend von der Maschine ab.
„Rennt!", schrie Wolfgang Amadeus, dem klar war, dass das Motorrad keinen Zentimeter weiterfahren würde.
Die Monster rannten los und verschwanden durch den Notausgang. Max atmete auf. Sie hatten es geschafft!
Karla Kätscher war allerdings schnell wieder auf den Beinen und stürzte zu der Tür. Sie wollte sie aufreißen, aber sie ließ sich nicht bewegen. Wahrscheinlich hatte Luzilla die Klinke mit dem Maul so verbogen, dass sie klemmte. „Adonis, nach unten!", kreischte die Frau und stöckelte zur Rolltreppe.

Ein Stockwerk tiefer waren Hängematten ausgestellt, und Frau Kätscher und Adonis Amselhirn rissen eine besonders große einfach herunter und nahmen sie mit. Es war klar, dass sie die Ungeheuer mit dem Netz einfangen wollten. Max musste etwas unternehmen. Aber was? Und wie sollte er es anstellen, dass Dodo ihn nicht bemerkte?

ZU SPÄT?

Die Leute hasteten los.

Sie wollten unbedingt dabei sein, wenn weitere Sensationen folgten. Max zog kurzerhand einen Sonnenhut und eine Sonnenbrille vom Kopf einer Schaufensterpuppe und setzte sich beides auf. Jetzt würde ihn Dodo nicht sofort erkennen. So verkleidet raste er Karla Kätscher und Adonis hinterher. Er musste die beiden im Auge behalten. Das heißt, noch wichtiger war es, die Monster zurück zur Geisterbahn zu führen. Im Gewimmel der Stadt konnten sie sich leicht verirren.

Die Monsterjäger rannten Stockwerk für Stockwerk nach unten und spannten die Hängematte zwischen sich. Max legte einen Zahn zu, um näher an Karla Kätscher und weiter weg von Dodo zu kommen. 9. Stockwerk, 8. Stockwerk … 3. Stockwerk, 2. Stockwerk, 1. Stock, Erdgeschoss! Max musste entsetzt feststellen, dass er Karla und Adonis aus den Augen verloren hatte. Und wo waren seine Monster? Führte der Notausgang direkt auf die Straße?

In der Nähe des Ausgangs tat sich etwas. Max sprang auf einen Sockel, auf dem neue Rasenmähermodelle ausgestellt waren, und hielt Ausschau. Nicht weit von den großen Glastüren, durch die man das Kaufhaus betrat, befanden sich weitere Notausgänge. Sie schienen durch ein Treppenhaus miteinander verbunden zu sein. Aus einem dieser Ausgänge stolperten gerade die neun Monster und hetzten zur Straße.

Von seinem Ausguck entdeckte Max auch Karla Kätscher und Adonis Amselhirn. Sie hatten das Netz immer noch zwischen sich gespannt und

rannten damit genau auf die Ungeheuer zu. Mindestens eines, wenn nicht sogar zwei oder drei würden sie bestimmt erwischen.

Die Monster hatten den Ausgang erreicht und stürmten auf die Straße. Frau Kätscher und Adonis waren dicht hinter ihnen. Nur noch wenige Meter trennten sie von den Glastüren. Max musste jetzt handeln, sonst war alles zu spät.

„Ist das aufregend!", ertönte die Quietschstimme seiner großen Schwester direkt neben ihm. Er drehte den Kopf und sah Dodo genau vor dem Podest. Wenn er sich völlig ruhig verhielt, würde sie ihn nicht entdecken. Aber Karla Kätscher würde womöglich ein Monster erwischen.

Max wusste, was er rufen musste, um die Frau sofort aufzuhalten. Aber dieser Schrei würde ihn verraten! Max gab sich einen Ruck. „Haltet die Diebe! Sie haben die Hängematte nicht bezahlt!“

Sofort stürzten sich zwei Männer auf Karla Kätscher und Adonis und packten sie am Arm. „Können wir bitte die Quittung für diese Matte sehen!“, forderten sie die beiden auf. Die Frau und ihr Gehilfe wollten die Kaufhausdetektive abschütteln, aber diese hielten sie fest. „Wir müssen Sie bitten mitzukommen!“, sagte einer der Männer. Karla Kätscher kochte vor Wut, und Adonis versuchte sich so klein wie möglich zu machen. Ihm war das alles schauderhaft unangenehm.

„Max, ich dachte, du wärst in der Schule!“, kam da auch schon die Stimme von Dodo. „Das werde ich Mama sagen, und dann gibt es Hausarrest. Aber wir können auch verhandeln!“

Aber Max war zu stolz auf sich, weil er den Mut gehabt hatte, seine Freunde zu retten, und nahm dafür alle Folgen in Kauf.

„Halt die Klappe, du Quietschgurke!“, zischte er seiner Schwester zu, sprang vom Sockel und raste zu den Monstern, die etwas hilflos auf dem Gehsteig standen.

„Ich bringe euch zurück!“, rief er strahlend. „Schnell!“

In Rekordzeit hatten sie die Geisterbahn erreicht. Max kroch als Letzter durch den Geheimgang. Als er durch die Klapptür in das große Monsterwohnzimmer blickte, erwartete ihn allerdings eine böse Überraschung.

MAX IM PECH

Rund um die Öffnung im Boden
hatten sich alle Monster aufgestellt und blickten grimmig auf Max.

„Du bist hier unerwünscht!“, tobte die Mumie.

„Hau ab!“, grunzte der Werwolf.

„Max, ich bin zutiefst enttäuscht von Ihnen“, meinte Frank Steinchen. „Sagten Sie nicht, Karla Kätscher wäre in Schottland? Um ein Haar hätte sie uns erwischt!“

„Aber …“, sagte Max, doch die Monster ließen ihn nicht ausreden.

„Max, Sie haben uns mit Ihren verrückten Ideen in größte Gefahr gebracht!“, rief Frank Steinchen, der sonst immer die Ruhe bewahrte. Nessina quoll Rauch aus den Ohren. „Wieso haben wir dir bloß vertraut?“
Luzilla hatte einen noch viel schlimmeren Verdacht: „Vielleicht steckst du mit Karla Kätscher unter einer Decke?“
Zerbis Köpfe knurrten: „Auf jeden Fall solltest du dich hier besser nie wieder blicken lassen, wenn dir dein Leben lieb ist.“ Dem Höllenhund rann das Wasser in den drei Mäulern zusammen.
„Aber …!“ Wieder kam Max nicht weiter. Von oben wurde die hölzerne Falltür zugeschlagen. Beinahe wäre sie ihm auf den Kopf geknallt, doch zum Glück hatte er ihn rechtzeitig eingezogen. „Aber … ich … bitte!“, rief er und klopfte gegen die Tür.

„Verschwinde, Verräter!", kamen die Stimmen der Monster von oben.

Max hatte das Gefühl, in eine tiefe Schlucht zu stürzen. Das war alles so entsetzlich ungerecht!

Ihm blieb nichts anderes übrig, als nach Hause zu gehen, wo Dodo schon auf ihn wartete. Sie reichte ihm stumm einen Zettel, auf dem Folgendes stand: „Ich bekomme ein halbes Jahr dein Taschengeld samt Oma-Geschenken, du spülst statt mir jeden Samstag und Sonntag das Geschirr und trägst drei Monate lang meine Tasche in die Schule und zurück. Sonst …!"

Max spürte, wie ihm die Wuttränen in die Augen stiegen. Ihm war alles egal. Er zerknüllte den Zettel und schleuderte ihn seiner Schwester vor die Füße. „Blöde Sumpfziege!", brüllte er.

„Mama, ich muss dir was sagen!", rief Dodo auf der Stelle und stolzierte mit hoch erhobenem Kopf in die Küche. Max lief in sein Zimmer und versuchte Hausaufgaben zu machen. Er rechnete jeden Augenblick mit seiner Mutter, die kam, um ihm eine Strafpredigt zu halten. Aber Mama ließ auf sich warten.

Das Denken fiel Max an diesem Abend besonders schwer. Immer wieder verschwammen die Buchstaben und Zahlen vor seinen Augen.
Seine Monsterfreunde wollten ihn nicht mehr sehen. Dabei taten sie ihm unrecht. Aus seiner Traurigkeit wurde langsam große Wut. Die Ungeheuer waren ungeheuer ungerecht! „Ich kann auf sie verzichten!", murmelte er.
„Abendessen!", rief seine Mutter.
Mit klopfendem Herzen stand Max auf und marschierte ins Esszimmer. „Hallo, Papa!", begrüßte er seinen Vater. Dodo brachte die Teller, auf denen an diesem Tag ein Gemüseeintopf dampfte, der lecker nach Curry duftete. An ihrem grimmigen Gesicht konnte Max erkennen, dass seine Schwester ungeheuer wütend sein musste.
Stumm löffelte er das Essen in sich hinein. Er wollte nur kein Aufsehen erregen. Am meisten wunderte ihn aber, dass seine Mutter ihn nicht rügte oder ein Verhör startete.
Erst beim Nachtisch wandte sich Mama an ihn.

„Max, wenn du in Zukunft gerne wo hingehen möchtest, dann sag es mir. Vielleicht komme ich sogar mit. Auf jeden Fall will ich es wissen, verstanden?"

Max nickte. Das war alles? Er verstand, wieso Dodo so sauer war. Ihr Gepetze war Mama auf die Nerven gegangen, und deshalb war er mit dieser milden Verwarnung davongekommen.

„Max, was war heute mit deiner Mathematik-Prüfung?" Diese Frage seines Vaters traf ihn dafür wie ein Keulenschlag.

„Äh … also … ich habe alles gewusst … aber dieser Donner … ich habe es nicht herausgebracht und … außerdem hat er mich etwas gefragt, was wir noch nicht gelernt haben!", stammelte Max.

„Mit einem Wort, du hast die Prüfung verhauen!“, stellte Herr Müller fest. Max konnte es nur zugeben. „Mein lieber Herr Sohn, falls du dieses Jahr in Mathematik durchfallen solltest, wird aus unserer großen Ferienreise nichts werden.“

Max starrte auf seinen Teller. Das hatte ja so kommen müssen. „Zum Wochenende werden wir üben!“, kündigte der Vater an. Schöne Aussichten waren das. Die nächsten zwei Tage bestanden hauptsächlich aus Mathematikpauken, und nach dem Wochenende begann eine neue Schulwoche, der Max lustlos entgegensah. Der Dienstag und der Mittwoch verstrichen, und der Freitag rückte näher. Am Donnerstagabend gingen Herr und Frau Müller ins Theater, und Dodo besuchte einen Kurs in Karate.

Max passte es gar nicht, dass er wieder allein zu Hause bleiben musste. Diesmal wollte er sich doch in der Toilette einschließen. Er fühlte sich dort einfach sicherer.
Gedacht – getan! Max sperrte die Klotür hinter sich zu. Er war müde und nickte bald ein. Er wusste, dass ihn das leiseste Geräusch wecken würde. Dann hatte er noch genug Zeit, ins Bett zu sausen, bevor Dodo oder seine Eltern in die Wohnung kamen.

Gegen 21 Uhr schreckte Max hoch. Da war etwas gewesen. Ein Rumpeln. Und da … schon wieder. Allerdings war es nicht aus dem Treppenhaus gekommen, sondern aus seinem Zimmer.
Es klang, als wäre jemand durch das offene Fenster geklettert.
Max hielt die Luft an. Wer war da? Sein Herz pochte heftig, und das Blut rauschte in seinen Ohren. Er hörte einen Schritt. Und dann noch einen … und wieder einen. Die Schritte kamen näher, sie schienen direkt auf die Tür der Toilette zuzusteuern. Max vergaß vor lauter Aufregung, Luft zu holen, und plötzlich wurde ihm schwindlig. Sein schlimmster Albtraum war Wahrheit geworden. In der Wohnung befand sich ein Einbrecher!

DER DREIBEINIGE MAX

Aus dem Vorzimmer kam ein helles Zirpen und Zwitschern.
Max zuckte zusammen. Das konnte doch nicht möglich sein. „Füßchen? Füßchen, bist du das?", fragte er. Als Antwort kam ein freudiges Zirpen.

Max spürte, wie eine Woge der Erleichterung durch seinen Körper ging. Er schloss die Tür auf und trat ins Vorzimmer hinaus. Füßchen trommelte vergnügt mit den Zehen auf den Boden und sprang mit einem Satz in seine Hände.

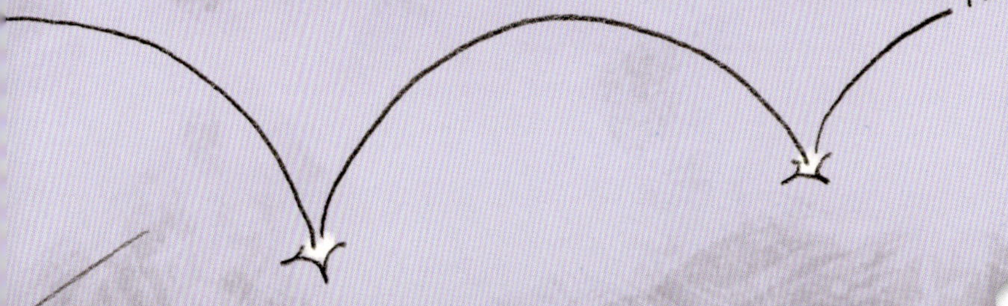

„Hallo, Füßchen“, sagte Max erstaunt und streichelte die kühle, trockene Haut. „Was führt dich zu mir?“ Füßchen hüpfte wieder auf den Boden und lief in Max’ Zimmer. Dort schnappte es einen Bleistift, klemmte ihn zwischen die Zehen und kritzelte: „Wie geht es Dir?“ Max seufzte tief. „Na ja … ich vermisse euch sehr! Aber vor allem bin ich wütend, weil ich kein Verräter bin. Ich habe euch gerettet, obwohl Dodo neben mir stand!“ Max sprudelte los und ließ seinen ganzen Kummer raus. „Weißt du, morgen ist Fußball, und den Donner haben wir auch. Ich werde in Mathe durchfallen, weil er immer so gemein zu mir ist. – Füßchen, bleib bei mir“, bat er. „Bitte! Machst du das?“

Der einzelne Fuß hüpfte in das Bett und kuschelte sich unter das Kopfkissen.

„He, das ist kein Fußkissen, sondern ein Kopfkissen!“, lachte Max. Er schlüpfte unter die Decke, und schon kurz darauf war er eingeschlafen.

Am nächsten Morgen war Füßchen nicht mehr da. Max durchsuchte das ganze Bett. Umsonst, der Fuß musste sich weggeschlichen haben. Max spürte, wie die Enttäuschung sich in ihm breitmachte. Er hatte so gehofft, wenigstens einen Monsterfreund zu behalten!

Mit Rucksack und Sporttasche ging er aus dem Haus.
Es war ein warmer Frühsommertag. Max wollte mit dem Skateboard zur Schule. Als er es auf den Boden stellte, huschte plötzlich etwas aus dem Schatten der Haustür.
„Füßchen! Da bist du ja!", jubelte Max.
Füßchen sprang auf seine Sporttasche und bohrte die Zehen in die Lücke im Reißverschluss. „Da hinein?"
Füßchen zwitscherte heftig. Max zog den Reißverschluss auf, und Füßchen schlüpfte zu seinen Sportsachen.
Was hatte es vor?

Im Umkleideraum angekommen, zog Max sich mit den anderen Jungen aus seiner Klasse um. Er achtete darauf, dass die Tasche nie zu weit offenstand und jemand vielleicht Füßchen entdeckten konnte. „Ich muss in die Halle“, flüsterte er seinem Freund zu. „Bleib ja da drinnen, kapiert?“
Max schlich mit hängendem Kopf zum Fußballmatch. Füßchen aber dachte nicht daran, in der Tasche zu warten. Es hüpfte heraus und zu der Kiste, in der alle gefundenen Sportschuhe, T-Shirts und Trainingshosen landeten. Es kramte und wühlte und fand schließlich einen Schuh, der ihm passte. Füßchen schlüpfte hinein und hastete dem Jungen nach. In der Sporthalle der Schule versteckte es sich hinter der Sprossenwand und wartete.

Wie jeden Freitag durften Christopher und Jan die Mannschaften wählen. Max landete als Letzter wieder bei Christopher, der die Augen verdrehte und stöhnte: „Ich hatte gehofft, dass du krank bist!"
Max stellte sich wie immer in die Nähe des Tores, um alle abzuwehren, die zu nahe kamen. Kaum hatte er Stellung bezogen, huschte Füßchen zu ihm und stellte sich neben seine Schuhe. Wer genau hinsah, konnte erkennen, dass er plötzlich drei Füße hatte. Max war außer sich. „Füßchen, weg … sonst entdeckt dich jemand!", zischte er. In diesem Augenblick kam der Fußball in einem hohen Bogen geflogen und landete genau vor Max. Füßchen in seinem Sportschuh stürmte los und der Junge hinterdrein.

Wumm! Füßchen hatte ausgeholt und gegen den Ball getreten. Das schwarz-weiße Leder sauste zwischen den Füßen der anderen Kicker durch, quer über das Spielfeld und direkt in das Tor der gegnerischen Mannschaft.
„Tor! Tor! Tor!", jubelten die Jungs aus Christophers Team. Aber dann kamen sie drauf, wer das Tor geschossen hatte.

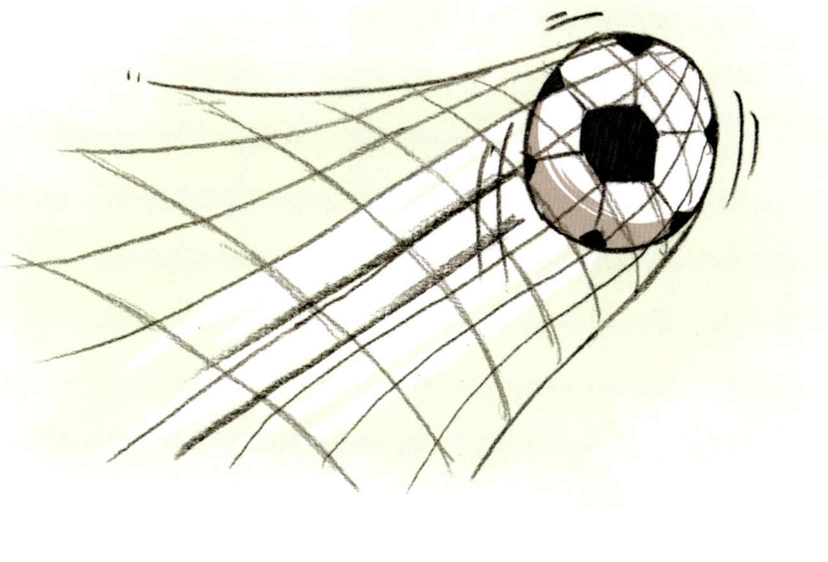

„Das war Max!", stieß Christopher ungläubig hervor. Schon ging das Spiel weiter.
„Bleib da!", zischte Max, aber Füßchen dachte nicht daran. Es war voll in Fahrt und mischte sich munter in das Match ein. Max hatte Mühe, dem einzelnen Fuß im Sportschuh zu folgen. Jan, der höchstpersönlich im Tor der gegnerischen Mannschaft stand, starrte konzentriert auf den Fußball, der da auf ihn zukam.

Aber was war das? Jan schnappte hörbar nach Luft. Kein Zweifel, Max hatte drei Schuhe! Der Ball war schon gefährlich nahe am Tor. Füßchen zirpte heftig, und plötzlich tat Max etwas, was er sich nie zugetraut hätte. Er holte aus, trat gegen den Ball und … schoss beinahe ein Tor. Der Ball flog nur wenige Zentimeter daran vorbei.

„Mann, ich glaub es nicht!“, lobte ihn Christopher. „Hast du neue Beine?“
„Der … der hat … drei … Füße!“, schnaufte Jan.
Niemand beachtete ihn, das Spiel ging weiter, und abermals schaffte es Füßchen, alle anderen Spieler zu

umdribbeln und den Ball in Tornähe zu bringen. Max erkannte die Chance, holte aus und … schoss ein Tor! Der Jubel seiner Team-Kameraden war riesig.
„Aber der … der hat drei Füße!“, schrie Jan. Max sah die Mitglieder seiner Mannschaft auf sich zulaufen. Er wurde in die Luft geworfen und rief noch: „Nicht! Bitte nicht!“ Gleich würden alle sehen, dass einer seiner Füße auf dem Boden stehen blieb.

GRUSELN AUF DEM STUNDENPLAN

Die Mannschaftskameraden setzten Max wieder ab. „Nur so weiter!“, feuerten sie ihn an. Jan kroch noch immer auf dem Boden herum und stammelte: „Da war es … da war ein drittes Bein … oder nur ein Fuß!“ Die anderen Jungs brachen in schallendes Gelächter aus. „Du tickst ja nicht richtig!“, johlten sie.

Max drehte sich suchend um. Wo war Füßchen? Er fand seinen Freund erst im Geräteraum, wo die Sprungböcke, Kästen und Matten standen. Füßchen hatte sich dort versteckt und verfolgte das Spiel. Zur eigenen Sicherheit wollte es nicht noch einmal mitspielen.

Max hatte auf einmal das Gefühl, doch nicht die totale Fußballniete zu sein. Er war zwar kein Meisterkicker, und ohne Füßchens Hilfe schaffte er auch kein weiteres Tor. Aber wenn der Ball vor seinen Schuhen landete, kickte er ihn geschickt weiter. Mit ein bisschen Training würde er bestimmt noch besser werden.

Nach einer sehr traurigen Woche war diese Sportstunde der erste Lichtblick. „Jetzt muss ich aber noch Mathe überstehen“, dachte Max, als er sich wieder umzog. Herr Donner hatte auf Wunsch von Max’ Mutter einer neuerlichen Prüfung zugestimmt.

„Müller, an die Tafel!“ Mit diesen Worten begann der Mathematiklehrer die Stunde. Max erhob sich und spürte, wie seine Knie fast einsackten.

Da klopfte es an der Tür. „Herein!“, rief Herr Donner. Die Tür wurde geöffnet, und ein schwarzhaariger Junge streckte den Kopf herein. Frank Steinchen!

Er trug wie immer seinen altmodischen Frack, der modrig roch, und hatte eine uralte Lederschultasche unter den Arm geklemmt. Die sonst grauen Haare hatte er getönt, um etwas jünger zu erscheinen. „Ich begrüße Sie, Fachmann der Mathematik!“, sagte er. Die Klasse begann zu tuscheln.

„Ruhe!", donnerte Herr Donner. „Wer bist du, und was willst du?"

Frank Steinchen trat ein und schloss die Tür. „Ich bin neu an dieser Schule, und der Herr Direktor hat mich zu Ihnen geschickt, damit Sie meine Mathematikkenntnisse testen!"

Herr Donner strahlte über das ganze Gesicht. Ein neues Opfer! „Max, du wirst noch ein wenig warten!", sagte er, dann wandte er sich an Frank Steinchen und winkte ihn zu sich. „Name?"

„Frank Steinchen!“
„Wann geboren?“
„Achtzehnhund…!“ Frank bremste sich in letzter Sekunde. „Ich bin elf Jahre!“, verkündete er.
„Aufschreiben!“, kommandierte Herr Donner und ließ dann die Prüfungszahlen wie Stockhiebe auf Frank Steinchen niederprasseln. Dieser kritzelte die Zahlen flink auf die Tafel und starrte sie nachdenklich an. Herr Donner ließ sich in seinen Lehrerstuhl fallen und begann wieder mit seinem Fingertrommelwirbel. Aber Frank Steinchen ließ sich davon nicht aus der Ruhe bringen. Er zog eine kleine Tube aus der Tasche und ging auf den Lehrer zu. „Verzeihung!“, sagte er höflich und packte seine Hand, schmierte Paste auf die Finger und drückte sie auf den Tisch zurück.
„Was … was soll das?“, tobte Herr Donner. Frank Steinchen hatte nämlich seine Finger festgeklebt.

„Hat Ihnen noch nie jemand gesagt, dass Ihr nervöses Getrommel beim Nachdenken hinderlich ist?“, fragte Frank mit Unschuldsmiene. Blitzschnell kritzelte er das Ergebnis der komplizierten Rechnung an die Tafel.

„Was … wie … wie hast du das gemacht?“, stammelte der Lehrer.

„Ausgerechnet, wie sonst?“, meinte Frank.

Max wusste, dass Frankensteins kleiner Bruder vom berühmten Doktor mehrere sehr gute Gehirne eingesetzt bekommen hatte. Er rechnete besser und schneller als jeder Taschenrechner.

„Aber jetzt würden mich Ihre Kopfrechenkünste interessieren!“, verkündete Frank Steinchen. „Wie viel macht 68 mal 952, minus 644, geteilt durch 5551, mal 99 Komma 54?“

Der Lehrer schluckte.
„Nun, was ist?“ Frank Steinchen blickte den Mann streng an. „Haben wir das Kopfrechnen verlernt, weil wir immer den Taschenrechner benutzen? Hmm?“
Die Klasse kicherte. „Das … diese Aufgabe kann niemand im Kopf lösen“, stieß Herr Donner hervor.
„Ich schon!“, rief Frank. „Das Ergebnis lautet 1149 Komma 291601513241. Sie können es gerne nachrechnen!“
Der Lehrer tippte mit der freien Hand heftig auf seinem Taschenrechner herum. Franks Ergebnis stimmte.

„Jaja, Herr Donner, ich denke, Sie sollten einige Nachhilfestunden in Kopfrechnen nehmen“, meinte Frank Steinchen. „Ich bin gerne bereit, sie Ihnen zu geben. Ich finde, ich bin sehr gut in Mathematik. Und bestimmt sind Sie derselben Meinung! Ich werde es dem Herrn Direktor bestellen. Aber jetzt möchte ich nicht weiter stören!“

Mit diesen Worten verabschiedete sich das Monster und verschwand durch die Tür.

Herr Donner schnappte nach Luft. Endlich gelang es ihm, seine Finger von der Tischplatte zu lösen. „Warte, Bürschchen, dich schnapp ich mir!“, schrie er und raste mit riesigen Schritten auf die Klassentür zu. Doch noch bevor er sie erreichte, wurde sie aufgerissen, und vor ihm stand der nächste Schreck.

PLÖTZLICH IST ALLES ANDERS

Bibber-Boris trat ein.
Er hatte Zerbi an der Leine und grüßte den Lehrer freundlich.
Die Jungen und Mädchen sprangen erschrocken von den Stühlen und verkrochen sich unter den Tischen. Herr Donner taumelte rückwärts. Schließlich stand er mit dem Rücken an der Tafel, und als das Frankensteinmonster noch näher kam, kletterte der sonst so steife Lehrer auf die Tafel.

Ängstlich blickten alle unter den Tischen hervor. „Guten Tag!“, grüßte Boris abermals. „Das ist unser Waldi, und ich bin der große Bruder von Frau Grillich. Sie hat mir einmal erzählt, dass es hier einige Leute gibt, die nicht nett zu ihr sind. Deshalb haben Waldi und ich beschlossen, diesen Leuten zu sagen, dass unsere Trudi ein besonders liebes Mädchen ist, das keiner ärgern darf. Nicht wahr, Waldi?“

Zerbis drei Köpfe fletschten die Zähne und knurrten drohend. Boris packte mit seiner riesigen grünen Hand den Lehrer und hob ihn wie einen Käfer von der Tafel.

„Bist du der Bösewicht?“, fragte er und schüttelte Herrn Donner.

„Nei…nei…nei…nein!“, stotterte der Mann. „Aber Gertrude sagte, dass die meisten Nervensägen hier in dieser Klasse sind.“

Boris ließ den käsebleichen Lehrer auf den Papierkorb fallen. „Wer meine Trudi ärgert, kommt in die Mülltonne! Haben mich alle verstanden?“ Unter den Tischen kam ein schwaches, zitterndes Ja.
Das Monster nickte zufrieden. „Na gut, dann kann ich mit Waldi wieder Gassi gehen. Außerdem muss ich ihn füttern. Er hat schon lange nichts Festes mehr zwischen den Zähnen gehabt, seit vorgestern jemand über unseren Zaun geklettert ist, um Trudi eine Stinkbombe durch das Fenster zu werfen.“
Die Schüler bekamen eine Gänsehaut.

Erleichtert atmeten sie auf, als sich die Klassentür hinter dem Ungeheuer und dem Höllenhund schloss. Für einige Sekunden herrschte absolute Stille.

„Das … das glaubt mir keiner, wenn ich es erzähle", stammelte Herr Donner. Er hastete abermals zur Tür und blickte auf den Gang hinaus. „Nichts zu sehen!" Er wandte sich an die Klasse. „Kinder … ich schlage vor, wir sagen niemandem, was hier geschehen ist. Seid ihr einverstanden?" Alle nickten.

„Dann setzen wir die Stunde dort fort, wo wir unterbrochen wurden!" Herr Donners Stimme klang plötzlich so weich, als wäre sie mit Weichspüler gewaschen. „Max Müller, bitte. Oder nein, du kannst auch sitzen bleiben. Im Heft rechnet es sich leichter als an der Tafel!"

In der nächsten Stunde stand Biologie auf dem Stundenplan. Nach 15 Minuten erkundigte sich Frau Grillich zaghaft: „Kinder, seid ihr krank? Was ist mit

euch?“ Noch nie zuvor waren die Schüler so still gewesen und hatten ihren Unterreicht so aufmerksam verfolgt.

„Alles in Ordnung, es ist so interessant, was Sie erzählen!“, meldete sich Max.

Max konnte nicht ganz fassen, was sich in den letzten Stunden ereignet hatte. Er hatte Füßchen in der vergangenen Nacht von allem erzählt. Von den Fußballsorgen, der Angst vor Herrn Donner und von Frau Grillich, der Biologielehrerin, die ihm sehr leidtat. Mit einem Schlag war alles anders. Aber bedeutete das am Ende auch, dass seine Monsterfreunde eingesehen hatten, wie unrecht sie ihm getan hatten?
Am liebsten wäre Max gleich nach der Schule zur alten grünen Geisterbahn auf dem Rummelplatz gelaufen, aber das war nicht möglich. Seine Mutter holte ihn mit dem Auto ab.
„Was? Du hast eine Eins in Mathe bekommen?", rief sie überrascht, als ihr Max die gute Nachricht erzählte.
„Bravo, gut gemacht!"
„Dafür darf ich heute Nachmittag auf den Rummelplatz, okay?" Seine Mutter zögerte ein bisschen, war schließlich aber einverstanden.

Bevor Max loszog, machte er noch einen Sprung in die Wohnung von Frau Engelhard. Sie wohnte unter den Müllers und war gerade in Afrika auf Urlaub. Max hatte ihre Schlüssel und goss die Blumen und fütterte ihren fetten Kater.

Aber nicht nur das: Die Wohnung diente auch als Zentrale von Miet-Monster und Co. Von hier aus hatte er Herrn Grünschädel angerufen und ihm auch die Telefonnummer gegeben, falls sich etwas ändern sollte.

Frau Engelhard besaß einen Anrufbeantworter, auf den Max einen neuen Text gesprochen hatte. Er hatte dabei wieder das elektronische Instrument aus seinem Kinderzimmer benutzt, das wie ein rotes Saxophon aussah und seine Stimme viel tiefer klingen ließ.
„Huuuua, hier ist Miet-Monster und Co! Wir sind unterwegs und spuken. Falls Sie auch eine Gänsehaut wollen, verschaffen wir sie Ihnen gerne. Bitte sagen Sie uns einen Termin, wann Sie uns sehen wollen. Sprechen Sie nach dem Piepton!“ Das hörte jeder, der bei Frau Engelhard anrief. Da ihre Freunde aber wussten, dass sie fort war, musste Max keine Sorge haben. Es würden nur Menschen anrufen, die an den Monstern interessiert waren.
Während er die Blumen goss, hörte er den Anrufbeantworter ab. Hatte jemand für Miet-Monster

und Co. angerufen? „Hallo, Sie … was ist? Wieso sind die Monster so schnell davongestürzt, und wann holen Sie endlich Ihr Geld ab?“ Das war die Stimme von Herrn Grünschädel.

Max machte vor Freude einen Luftsprung. Der Kaufhausbesitzer wollte tatsächlich die 3 000 Euro bezahlen! Max wählte die Nummer des Grünschädelbüros und hielt das rote Spielzeug-Saxophon vor den Hörer. Er wurde sofort mit Herrn Grünschädel verbunden.

„Reichlich ungewöhnlich, wie Sie arbeiten, aber der Spuk war ein voller Erfolg. Noch heute kommen die Leute und hoffen, dass sie einem Monster in meinem Kaufhaus begegnen. Ich habe vielen Leuten von Ihrer Agentur erzählt. Sie werden sich melden!“ Max schluckte. Da kam eine Menge auf sie zu. „Und was das Geld betrifft, wann holen Sie es endlich ab?“

Max grinste. Er hatte eine Idee. „Geben Sie es Ihrem Sohn Egon. Er soll sich damit heute am Nachmittag um 16 Uhr in die Eisdiele ‚Blaue Grotte' setzen."

„Wird gemacht", versprach Herr Grünschädel. Die Eisdiele lag nur ein kleines Stück von der grünen Geisterbahn entfernt, und Max hatte einen Plan.

Als er endlich durch die Klapptür in das Monsterwohnzimmer kroch, wurde er dort schon ungeduldig erwartet.

„Da bist du ja endlich!", jubelte Nessina. „Ich hatte schon Angst, du würdest uns trotzdem nicht verzeihen!"

Frank Steinchen räusperte sich und trat zu Max: „Wertester Herr Max, wir alle haben Ihnen an einem Tag gleich zweimal sehr Unrecht getan, und wir entschuldigen uns dafür!“

Max traten die Tränen in die Augen, so gerührt war er. „Hört zu, Schwamm drüber! Alles längst vergessen. Ihr seid und bleibt alle meine Monster!“, rief er. Jubel brach aus, und die Monster wollten ihm alle gleichzeitig einen Kuss geben. Max blickte auf die Uhr.

„He … in wenigen Minuten können wir etwas Lustiges erleben. Füßchen, ich habe einen Auftrag für dich!“ Max flüsterte dem Fuß etwas zu, der heftig mit den Zehen wackelte.
„Vom Dach der Geisterbahn aus sehen wir gut zur Eisdiele“, meinte Max. „Kommt, dort gibt es gleich etwas zu lachen!“ Die Monster stiegen mit ihrem Freund in das obere Stockwerk, und bald tauchten ihre Köpfe zwischen den beiden schlappen Skeletten auf, die dort noch immer befestigt waren.
Tatsächlich hatten sie eine prachtvolle Sicht auf die Eisdiele, wo Egon an einem kleinen Tisch im Freien

saß. Neben ihm erkannte Max seine große Schwester Dodo, die aufgeregt kicherte und sich nach allen Seiten umschaute. Sie sagte auch etwas, aber wegen der großen Entfernung konnte es Max nicht verstehen. Dafür aber Boris, der schließlich Hundeohren hatte. „Sie fragt sich, was wohl für ein Monster kommt, und findet das sehr witzig“, berichtete er.

In diesem Moment rannte Füßchen über den Platz und sprang direkt auf den Tisch von Egon und Dodo. Es drehte sich im Kreis und winkte den beiden mit den Zehen zu. Egon kippte fast vom Stuhl, und Dodo kreischte wie eine Sirene.

Füßchen schnappte den Umschlag aus Egons Hand und raste zurück zur Geisterbahn. Lachend trafen die Monster wieder im großen, verstaubten Wohnraum ein. Stolz zog Max 30 Einhundert-Euro-Scheine aus dem

Papier und reichte sie Frank Steinchen. „Die gehören euch, habt ihr selbst verdient!" Staunend betrachteten die Monster das Geld. „Und wenn ihr weitermacht, gehört die Geisterbahn bald einmal euch!"
Frank schaute seine Freunde fragend an. „Wollen wir das?" Alle Monster waren einverstanden.
Mombo, die Mumie, versteckte das Geld unter einem losen Brett im Boden und beschloss: „So, aber jetzt wird gefeiert! Es gibt genug Grund dazu! Max, was wünscht du dir zur Feier des Tages?"

Aber die Mumie erhielt keine Antwort. Max lag in dem löchrigen Lehnstuhl und schlief. Die Aufregungen hatten ihn völlig geschafft. Seine Monsterfreunde trippelten leise zu ihm und stellten sich rund um den Ohrensessel auf. So liebevoll, wie Monster eben können, betrachteten sie den schlafenden Jungen und stellten fest: „Unser Max, der ist ein monstermäßig toller Kumpel!"

Doch ein klein wenig machten sie sich auch Sorgen. Karla Kätscher und Adonis gaben bestimmt nicht auf! Was würde geschehen, wenn sie sich wieder auf die Suche machten?
Werden sich neue Kunden bei Mietmonster und Co. melden?
Gehörte die Geisterbahn bald den Monstern?
Noch ahnte niemand von ihnen etwas von dem Spukhotel, das sich bald bei Max melden sollte. Max und seine Monster erwartete ein neues Abenteuer. Und was für eines …

ISBN 978-3-7641-5044-0

Von Monstern umzingelt!
Max' schaurig schönes Abenteuer mit seinen Monstern beginnt.

DAS GEHEIMNIS DER GRÜNEN GEISTERBAHN

Kein Buch für Feiglinge …

Alter
stammt aus dem 20. Jh.
Besondere Kennzeichen
Immer auf der Suche nach neuen Abenteuern.
Mag nicht
Monsterquäler
Mag gerne
elektronische Geräte

Thomas Brezina

Luzilla

Alter
33 Jahre
Besondere Kennzeichen
Kann wie ein Chamäleon ihre Farbe wechseln und ist sehr eitel.
Mag nicht
Lärm und schreiende Menschen. Gerät sofort in Panik.
Mag gerne
Schnelle Autos, Schraubenschlüssel und Türklinken. Das ist ihr Lieblingsfutter.

Frank Steinchen

Dr. Frankensteins kleinerer Bruder

Alter
gebaut im Jahre 1877
Besondere Kennzeichen
Drückt sich sehr gewählt aus und siezt jeden. Lö
Rechnungen schneller als jeder Taschenrechne
Mag nicht
Lehrer und Schulen
Mag gerne
Friedhöfe

Boris

Frankensteins erstes Monster

Alter
Sein Kopf ist 144, seine Arme und Beine 142, sein Körper 143 und sein Hirn 102 Jahre alt. (Das Hirn musste nämlich einmal ausgewechselt werden, weil es nicht mehr funktioniert hat.)
Besondere Kennzeichen
Hat Nase und Ohren eines Hundes und kann in seinen Händen Glühbirnen zum Leuchten bringen. Manchmal tritt bei ihm ein Wackelkontakt auf.
Mag nicht
Wasser, da seine elektrischen Bestandteile schnell rosten.
Mag gerne
Strom